上海市卫生健康委员会
上海广播电视台
编

人间世

LIFE MATTERS

上海人民出版社

•目 录•

救命

任何手术都有风险，风险大的手术总有可能失败。面对失败，人们总习惯避而不谈。因为失败的背后，似乎总会夹杂着医患双方的矛盾、纠纷，甚至是冲突。因为无法承受这些重负，很多医生选择离开医学，离开手术台。剩下那些医生之所以能够坚持下来，是因为他们没有忘记选择医生这个职业时，内心最初的想法——救命。

人间世

003

看过《心术》《急诊科医生》《外科风云》或者其他医疗剧的朋友，都会对医生产生这样一种印象：面对各种疑难杂症，他们运用高超的医术，一次又一次从死神的镰刀下拯救危难病患，顺便还能谈一场办公室恋爱，简直是集高尚与浪漫于一身的完美职业。

然而，现实永远不会像影视作品那样，无论过程多么艰难崎岖，最终总会以大团圆结尾。在真实的病房与手术台上，有人幸运地活了下来，也有人坚持不到最后，生死交错的成功与失败、欢笑与悲伤、兴奋与沮丧，反复闪现在医生、患者、家属面前。没有人能够断言，下一枚落下的硬币，到底会是正面朝上，还是反面。

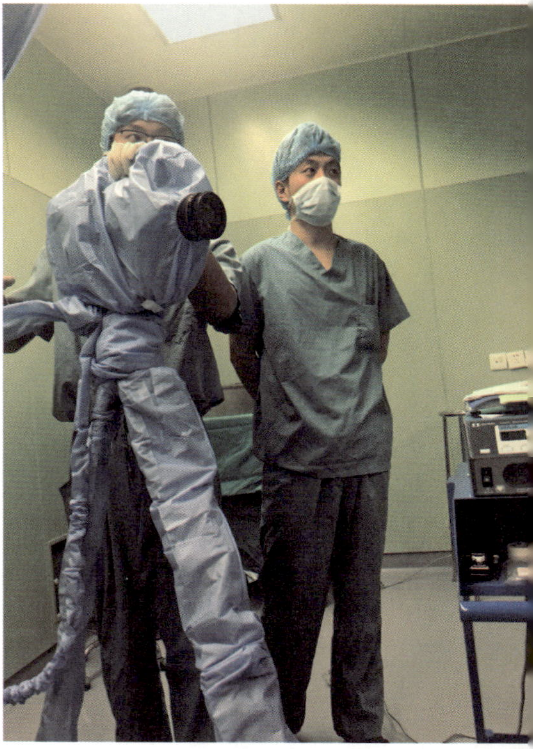

为了拍摄重大手术，摄制组经过严格的医疗培训，就算摄像器材也都做了无菌化的处理

为了能将医生最真实的工作状态呈现在人们面前，2015年，上海电视台纪录片导演秦博在通过瑞金医院实习生医疗规范培训后，来到瑞金医院蹲守采访。为了能将真实的手术现场呈现给观众，按照手术室的要求，摄制组还专门为摄影器材量身定制了防菌服。

第一次在手术台旁观摩手术，那是一台心脏手术。当病人连接心脏的主动脉被手术刀切开后，鲜血似喷泉般飞溅而出，毫无经验的秦博来不及躲避，好几滴血液溅在了他的脸上，当场给他来了一个“下马威”。

医生熟练地操作着各种手术工具，在病人的患处切割、缝补，秦博用摄像机记录下了整个过程。由于医生的手速实在太快，电视台里好几名编导在回看这段视频的时候，都以为是 2 倍速快进了。

最终，手术大获成功，病人脱离危险，家人喜极而泣。出院的时候，医生在病人和家属反反复复的感谢声中目送他们离开医院——在秦博眼里，这似乎和影视剧中的情景并没有什么不同。

但很快，一场又一场的手术、一次又一次的急救改变了他最初的想法。

任何手术都有风险，风险大的手术总有可能失败。面对失败，人们总习惯避而不谈。因为失败的背后，似乎总会夹杂着医患双方的矛盾、纠纷，甚至是冲突。因为无法承受这些重负，很多医生选择离开医学，离开手术台。剩下那些医生之所以能够坚持下来，是因为他们没有忘记选择医生这个职业时，内心最初的想法——救命。

2015 年 11 月 29 日，瑞金医院心脏外科重症监护室，1164 号床。

病床上的病人名叫朱建峰，男，32 岁。急性心衰，刚到医院不久，突然就没有心跳了。

起初，关于是否接收这名患者，医生们有点犹豫——三十多岁正值壮年，如果救不回来，现在医患环境那么恶劣，很难说会发生什么后续矛盾。最终，瑞金医院心脏外科主任赵强亲自拍板：“如果我们都不收，别的医院更没办法了。收！”

紧急抢救。插管、上呼吸机、打肾上腺素，年轻力壮的男医生轮番上阵按压，连续 20 多分钟不间断的心肺复苏……终于，朱建峰的心跳恢复了。

然而，这仅仅是第一关。想要真正救活朱建峰，赵强必须帮助团队迅速找出病人急性心力衰竭的原因。

“以前得过什么大病吗？有没有做过手术？前阵子有哪里不舒服？有没有打

针、注射？有没有划破皮肤？”一连串的提问，都是为了从朱建峰的身上找出病因。最终，有一个线索引起了赵强的高度重视——在一两个星期前，病人曾有过严重的腹泻。

顺藤摸瓜，朱建峰的病因终于找到了。早在六岁时他曾做过一次心脏手术，三年前复查，发现主动脉瓣关闭不全。为了不影响工作，他没有选择立刻手术。而那次严重的腹泻导致细菌通过血管感染到了心脏，引发了感染性心内膜炎，本身已经关闭不全的主动脉瓣严重返流，造成心衰。

了解了病因，医生们立刻向家属交代情况。“刚才他的心脏已经停止搏动了。正常的心脏，左心室舒张末期直径大概只有五十几毫米，他的心脏已经七十多毫米了。这不是一天两天能够发生的事情。”

听了医生的讲解，家属们后悔莫及，哭作一团。

接受采访时，舅舅说：“后悔就后悔在，为什么不早叫他去做个心电图呢！他一直讲没事没事，还说不要让妈妈知道，不要让他担心……”母亲也说：“肯定要开一刀，早开还是比晚开好啊？就是不听劝，不听啊！”语罢，满眼都是无奈与苦楚。

朱建峰暂时恢复了生命体征，心脏感染的程度有所缓解后，他必须马上进行心脏主动脉换瓣手术。为了祝福他能早日康复，家人们赶忙从家里拿来了一个保佑平安的礼物，拜托记者摆在朱建峰的床边。

那是一个绿色的创意盆栽，中间有一只用绿色植被做成的可爱小熊，小熊的脖子上还挂着一根串着五颗转运珠的手环。满满一盒美好的祝愿，或许是此时束手无策的家人们唯一能够为朱建峰准备的东西了。家人，医生，还有最牵挂他的另一半，都希望他能熬过这几天，撑到手术台，睁开眼，活下来。

然而，残酷的现实撕碎了一切美好的祝福。11 月 30 日早晨 8 点，朱建峰的心脏再次停止跳动，情况紧急，已经来不及送往手术室了。三名医生轮番为他做心肺复苏，手术室的护士直接把手术器材搬到了床边，医生准备在床边开刀，最后一搏。

此时，朱建峰的脉搏微弱到监护仪已经测不出了。如果没有体征数值，医生们所有的抢救措施也就没有了实施的参照。主刀医生在病人左腹股沟处拉开口子，准备放入金属导丝，来监测他的动脉情况，为抢救赢得条件。

病床左边，一位医生给朱建峰按压胸腔做心肺复苏；病床右边，另一位外科医生要在晃动的身体上划开病人的皮肤，寻找动脉。与此同时，心脏外科副主任陈安清则在床尾现场指挥。

一切都是为了救命。医生动用了一切力量来救他的命。但最坏的结果还是发生了。

朱建峰的心跳停止了。没有心跳就没有血压，没有血压血管就像气球漏了气一样，缩在一起失去了弹性。在这种状态

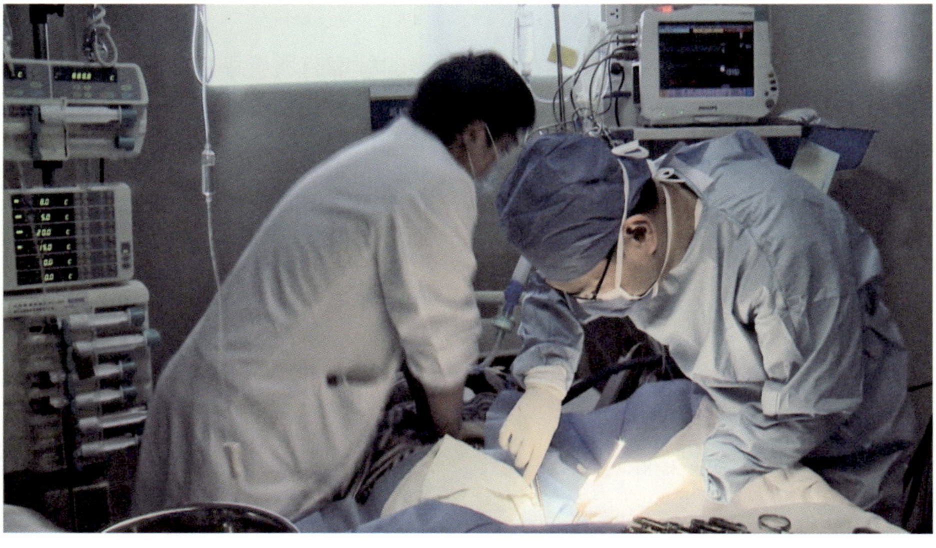

心脏外科监护室一名急性心衰的病人心脏停止了跳动，事发突然，一位医生紧急做心肺复苏，另一位医生就在晃动的身体上做手术

下，医生无法将金属导丝插入动脉。看着现场的情况，陈安清副主任微微摇了摇头，喃喃自语说：“心脏损害那么大，心肌酶那么高，体外按摩时间那么长，这样下去肯定回不来了。就算勉强做手术，几十万砸下去，我估计也要打水漂了……我还是去跟家属谈一谈吧……”

陈安清宣布抢救无效。但做心肺复苏的医生却依然没有停下双手。他们依旧交替着按压朱建峰的胸口，争取着万分之一奇迹发生的可能。时间一分一秒地过去，朱建峰停止跳动的心脏丝毫没有重新跳动的迹象。

在办公室里，陈安清沉重地将结果告诉了朱建峰的家人：“能做的我们都做了，大家都尽心尽力了。现在他的心跳一点都没有了，只要医生不按，显示屏上就是一条直线，有些事情只能面对现实。”

现场一片寂静，没有哭声，只有绝望的叹息。这个结果，或许朱建峰的家人早已经预料到了，但真正听医生亲口说出，那种打击绝不是提前做好心理准备就能够扛得住的。

当然，就这样干脆地离开，对于朱建峰和他的亲人而言，或许已经不是最坏的结果了。陈安清心里很清楚，就算患者的心脏真的能稳定下来，就算医生们能够做好一切手术的准备，这个手术的结果依旧是九死一生。到那时，留给这个家庭的不仅仅是死别的悲伤，还有一笔巨大的经济负担。

“收治这个病人，大家确实也冒着很大的风险。从我们医生的角度来说，总归希望能够做点什么事情。说得好听点，就是体现我们的价值存在。我觉得，我们很多医生都是为了这种感觉而去努力的。不过这次很可惜，我们没有能成功。”参与急救的医生蔡俊峰说道。

抢救结束。护士陆续将抢救设备收拾好，拿回手术室。医生们则仍旧沉浸在之前的挫败感中。镜头记录到了一位参与心肺复苏的年轻医生——他用力地抓挠着头上的手术帽，在原地踱步，而后狠狠地摘下帽子和口罩，如同发泄般地扔进垃圾桶，快步走出病房。每一个眼神，每一个动作都迸发着强烈的愤懑与不甘。

血气方刚的他一定想不明白，为什么大家付出了那么多努力，拼尽了所有力气，却终究拼不到一个为患者治疗的机会。

有时是治愈；常常是帮助；总是去安慰——这恐怕是对医生最好的注脚。

2015 年 9 月 15 日 16 时，瑞金医院急诊科重症抢救室接收了一位深度昏迷的年轻小伙子。他的名字叫邹磊，今年刚刚 24 岁。

走道上，他的父母正在焦急地等待着。除了反复恳请医生救救自己的儿子，以及向上天祈求保佑，他们再也没有其他可以做的了。他们完全想不到，养了 24 年的宝贝儿子就因为庆祝生日，和朋友出去吃了一顿海鲜，竟然生命垂危了。

提及那天的情况，邹磊的朋友悔不当初："那天吃饭的时候，我就感觉海鲜的肉特别软，不像别的海鲜肉比较硬实。但是他怕浪费，就多吃了一点。没想到第二天就发高烧了……"

病人在当地的医院救治了 3 天，没有效果。这才用救护车送到了瑞金医院。当时的症状是下消化道大出血，完全止不住，血压远远低于标准。眼看常规救治手段已经无力回天，急诊科主任毛恩强决定拼一次，给大量出血的病人做血液净化，排掉身体里的毒素。

对于邹磊而言，血液净化可能是救命稻草，也可能是致命帮凶。因为虽然血透可能会净化掉血液里的病毒，但因为就医晚，错过了最佳时机，在全身大出血，凝血功能又差的情况下，血透机器一开，也有可能加重病情。

也许是为巨大的风险而揪心，也许是为青春的年华而抱憾，在与家属谈话时，见惯生死的毛恩强意外地有些许失态："我现在也看不了那么远，只能走一步看一步了……孩子只有 24 岁，我们都经历过 24 岁……但是，血液净化冒的风险是相当大的……"

不可能百分百保证，亲属们完全理解医生的风险提醒。他们很清楚，现在发生在自己儿子身上的情况有多紧急、有多危险。“只要有一丝的希望，我们总是要争取的，就按你们医生的意思去做吧！”邹磊母亲这样表态。

一息尚存，医生就不会放弃。血液净化开始了……

医生、护士们站在病床旁，密切注视着设备运作的情况；邹磊的父母、朋友们伫立在医生身后，或紧闭双眼、双手合十，虔诚地向上苍祈求，或互相搀扶、依靠在一起，给彼此身心的支持。在场的每一个人都发自内心地希望，这位 24 岁的小伙子能够跨过这道难关。

如果是普通出血，医生可以通过手术的方式纠正。但邹磊的情况更加特殊，可能是体内凝血系统出现的疾病，也可能是继发于严重感染后的凝血系统功能紊乱，总之无法靠自己的力量来止血。所以医生必须给邹磊大量输血，以弥补他体内大量流失的血液，确保血液净化的顺利开展。

为此，抢救室紧急从血库调配了大量血制品。刚到的血很凉，血液加温器又来不及调配，医生们就轮换着用双手、胸口、腋下温暖着这些救命的血液。就这样，在抢救的第八个小时，大家终于看到了一线希望——邹磊的血氧饱和度慢慢上来了。

毛恩强主任第一时间把这个消息告诉了邹磊的妈妈。妈妈听不懂是什么意思，但是对她来说，任何的“好消息”都是一支巨大的强心针，能够支持她们全家继续坚守下去。

傍晚 5 时 30 分，邹磊的基本生命体征终于稳定了。亲人们似乎看到了胜利的曙光，大家互相安慰，一切都会好起来的。

然而，最令人担心的事情还是发生了。在控制住了下消化道出血后没多久，邹磊上消化道出现了应激性溃疡，瞬间出血 1000 毫升。医生们刚刚喘了一口气，神经又再一次紧绷了起来。

流掉多少血，就得补回多少血，毛恩强再次向血库申请要血。然而，这次急救的用血量已经远远超出了血库的负荷，再要追加用血必须向上海市中心血站联系。医院负责血库的邹玮主任明确表示，今天最多再给两个单位（400 毫升），不能再多了。

两个单位，实在是杯水车薪啊。没有办法，毛恩强只能亲自给血库打电话，请他们多多包涵："我知道，你们很配合，已经给了我们六个单位。但是呢，他又来了一个应激性的溃疡，胃里面一下子出来 1000 毫升的血，血压又下来了。你再帮着撑一把吧，好不好？你再给我四个单位（800 毫升），可以吗？实在没办法了，兄弟，他才 24 岁，24 岁啊！谢谢！"

终于，在百般恳求下，第二批 800 毫升血制品送了过来，更加艰难的第二阶段抢救开始了。不间断地冲洗消化道，血液净化的流量开到了最大，输血速度开到了最快……所有的医疗措施毫无保留地都用上了，然而病情始终不见好转。

医生通知家属，要做好最坏的思想准备。家属的心情宛如过山车一般，从之前看见曙光的喜悦再一次落入了黑暗的谷底。母亲面色凝重地问医生："还有没有希望了？"医生只能说："扛啊，我们也是在拼命扛着，扛过这阵子的话或许还有机会，但是扛不过去的可能性还是非常大的……"

深夜 11 点，抢救历经波折，医生用尽了所有的医学手段，还是失败了。从早上 7 点开始，一直到深夜 11 点，整整 16 个小时的抢救，用尽了一切人力和资源，医生依然无法赢得这场与死神的赛跑比赛。

邹磊的主治医生车在前已经 48 个小时没有合眼了。在这 48 小时里，他抢救了三位病人，除了邹磊，还有一位 80 岁的男性患者和一位 70 多岁的女性患者，其余两个都抢了回来，唯独这个最年轻的、付出最多情感与心力的，没能救活。

"我真希望他能有更多的机会活过来。但是有时候，你没得选择啊！唉……就这样吧……"说完这番话，车医生拖着疲惫的身体，再一次走进了病房。自始至终，他都不知道该如何去安慰邹磊的家人；但自始至终，他都始终守在邹磊的病床旁。

这一次，医生拼到了为患者治疗的机会，却还是闯不过最后的难关。

急性心衰的朱建峰，海鲜中毒的邹磊。两次危重病人的抢救，都失败了。然而，转运床上的心肺复苏，交替按压胸口的这些手，每个人额头冒出的这些汗，用体温暖热的这些血袋，48 小时的不眠不休……这些为救命做出的努力，因为失败，就成了没有意义的徒劳吗？

显然，医生们不会这样想。“这是个持久战，所以我们还是要有信心！”面对不可避免的失败，年长的医生会这样安慰、鼓励后来者们。他们互相击掌，不是作为庆祝，而是互相鼓劲。对于医生而言，最困难的不是面对这些失败；最困难的是，面对这些失败带来的种种挫折，却不丢失最初的那份热情。

王剑辉，27 岁，浙江建德人，年轻的心脏肿瘤患者。他的右心房上长着一个肿瘤，在浙江当地的医院做了开胸手术，但医生无法将肿瘤完全切除，只好原封不动地把胸膛缝上了。也就是说，在当地医院，他已经是被判了“死刑”的人。

考虑到病情复杂，很多医院不愿意接受王剑辉这样的病人。一路辗转，最终，他的哥哥带着他找到了瑞金医院。接受他的依然是瑞金医院心脏外科主任赵强和他的团队。

第一时间，赵强团队联合瑞金医院多个科室进行联合会诊。经过各方面的综合判断，王剑辉得到了一个坏消息和一个好消息。坏消息是：他心脏上的肿瘤已经无法完全切除；好消息是：肿瘤细胞并没有向心脏以外的地方转移。也就是说，想要活下去，王剑辉最后的希望就是——心脏移植。

心脏移植手术，并不是一种常规的治疗方式，而是作为挽救终末期心脏病病人生命的最终手段。在中国，每年有超过 100 名病患通过移植心脏的方式逃离“鬼门关”。接受移植手术后，患者的 5 年生存可以超过 85%，平均生存周期能够达到 13 年。

然而，一切器官移植手术的基本前提以及最大难度在于找到适合患者的器官捐赠者。捐赠器官必须符合三个要求：第一，捐赠者家属愿意捐赠器官；第二，捐赠者为脑死亡，心脏无碍；第三，捐赠者能够与被捐赠者成功配对。在中国，每 100 名等待心脏移植的患者中，只有 1 个人能够等到移植的机会。

幸而，在生死的最后关头，王剑辉还是得到了上天的眷顾。2015 年 10 月 8 日，常州人民医院一位 50 岁的脑外伤患者已经脑死亡，家人愿意捐出心脏。经过伦理审查会的审查，王剑辉极其幸运地获得了这次移植手术的机会。

心脏提供者的年龄比心脏接受者大了整整 30 岁，按照心脏本身的寿命，就算王剑辉接受了这颗心脏，他也可能会“减寿”30 年。但医生并不是这样想。“供心 50 岁，小伙子就 20 多岁，好像这个不划算，但是不是这么说，你要知道，他如果没有这次，等不到这次心脏移植机会，他可能就没有机会了。”面对王剑辉的哥哥，医生这样劝导说。

但是，对于这次心脏移植的风险，医生同样直言不讳：“但是，你必须理解他这个病情，和其他接受心脏移植的人不一样，别人是心脏衰竭，换了颗心脏，毛病可能就好了，他是心脏肿瘤，远期的话，我们还得观察。”

自己的生命，必须由自己来决定。哥哥如实告诉了王剑辉当下的情况：“现在呢，有个机会来了。有这样一颗心脏，可以给你换。但其中的风险，我必须跟你说清楚，然后这个选择权，交到你手上。”此刻，兄弟之间不再有任何的隐瞒。

换，还是不换？如果不换，心脏肿瘤无可逆转，王剑辉的生命将逐渐走向尽头。如果换，势必要承担巨大的风险，万一手术失败，生命就此终结；就算手术成功，也未必能保证完全康复……

“做吧，风险大；不做，风险更大。感觉生死两难。”思考再三，王剑辉始终无法对自己的命运作出决断。“投硬币吧，叫上天来帮我决定。是正面就做，反面就不做了。”

他拿出一枚一元硬币，高高抛向空中。硬币落下，正面朝上。

然而，“上天的决定”并没有说服王剑辉。他再次拿起了硬币，抛向空中。“要不，还是三局两胜吧。”

硬币落下，正面朝上。

天意似乎已经非常明显地告诉了王剑辉该怎么做。然而他的内心却仍然犹豫不决。不知为什么，他第三次将硬币抛上了天空。“最后再投一次吧，也不管什么三局两胜了。”王剑辉无法为自己的行为找出合理的理由，因为他实在没有勇气对自己的命运做出决定。

第三次，落下的硬币依旧是正面朝上。心脏移植手术，就这样决定了。王剑辉的哥哥作为家属代表在手术同意书上签下了名字。

得知患者的决定，赵强十分欣慰。他亲自来到病房为王剑辉鼓劲儿。“这个移植手术，对你来说，目前是唯一的治疗方案。你要有信心，好好地配合我们，好不好?”

病床一旁，王剑辉的母亲眼含热泪，紧紧握住赵强的手:“拜托你们了。”此时此刻，他们全家都把这条年轻的生命托付给了瑞金医院心脏外科的医生们。

手术的第一步，是取得心脏。捐献者身在常州，距离上海瑞金医院超过 200 公里。从取下心脏到完成移植，整个过程不能超过 4—6 个小时。时间紧迫，瑞金医院心脏外科医生刘俊和周密决定自己开车，从上海奔赴常州。

晚上 7 时 49 分，常州第一人民医院手术室，宝贵的心脏从捐献者体内摘取了下来。手术一结束，两位医生不做任何停留，他们将装有心脏的保温箱放入汽车的后备厢，火速驱车赶回上海。路上，刘俊反复提醒开车的周密，不要着急，安全驾驶，闯红灯事小，出了事故耽搁了手术才是大事。

此时，心脏距离王剑辉还有 223 公里。

另一边，在瑞金医院手术室，赵强和他的助手们正有条不紊地做着手术的准备工作。

晚上 9 点，车辆行驶在京沪高速公路上。刘俊打电话汇报情况：“我们刚过无锡，大约还有一个多小时能到。”此时，心脏距离王剑辉，还有 125 公里。

手术室里的准备工作已经差不多了。护士们将王剑辉推入手术室，全身麻醉，擦上消毒药水，在手术位置做好标记，最后检查全部手术器具……手术室外，王剑辉的父母、哥哥坐在走廊上，双手合十、双眼紧闭，默默祈祷。所有人，都在等待那颗救命的心脏。

载着心脏的车行驶到了沪宁高速公路花桥收费站，过了收费站，就将进入上海地界。如果一切顺利，再过大约半个小时，就能回到瑞金医院。刘俊第二次打电话向手术室做了汇报。此时，心脏距离王剑辉，还有 40 公里。

随着距离越来越近，手术时间也变得越发紧迫。在赵强的催促下，手术室再一次与刘俊联系，询问具体的抵达时间。得知还有 15 分钟，赵强决定给王剑辉放血，手术正式启动。

车辆行驶到了茂名南路，再过几分钟就将抵达终点瑞金医院。收到这个消息，赵强立刻着手切除病人的心脏。切下的心脏被放进了一个塑料袋中，上面一大块，就是肿瘤。

车辆顺利抵达瑞金医院。周密直接将车停在了手术室楼下，周密从后备厢中取出保温箱。此时，心脏距离王剑辉不到 100 米。

手术室中，赵强要求全体人员更换新的手套，为下一步植入心脏做好准备。并指派一名医生等在电梯口，等候心脏的到来。

楼下，提着保温箱的周密火速冲进大楼，穿过大厅，跑向电梯。电梯升至二楼，开门。周密将保温箱交给在门口等候的同事，那位医生继续快步跑进手术室，妥善地放在置物架上。此时，心脏距离王剑辉不到 2 米。

换心手术开始了。护士将心脏从保温箱中取出，浸在生理盐水中。在外人眼里，这颗心脏或许看着有些血腥、令人不适，可是在医生的眼里，它光洁，温润，神圣，这是一个生命馈赠另一个生命的礼物，是 27 岁的王剑辉活下去的唯一机会。

和一般的心脏移植不同，为了防止肿瘤转移和扩散，赵强在切除病人的心脏时，没有预留连接供体心脏的主动脉和下腔静脉等接口，尽可能确保了肿瘤不会残留。但是这样做，却给之后的移植带来了重重困难。

好在，在手术开始之前，赵强就考虑到了这个问题。在常州摘取供体心脏时，他专程吩咐刘俊医生，切除心脏时，预留较多的主动脉。这样就可以利用供体多出来的主动脉，缝补王剑辉下腔静脉的接口处，但这样做，整个修建血管和缝合的时间就得增加一倍。

此时，心脏距离王剑辉，只剩最为关键的几毫米。

不知不觉，时间已经到了凌晨 1 时 40 分。家属们依旧守

瑞金医院心脏外科监护室外，有一排小板凳。很多家属就在这边焦急等待，墙那头就是日夜守护着病人的医生和护士

候在手术室外。对他们而言今天注定是一个煎熬的不眠之夜。“希望以后再也不要做手术了，这一辈子的苦都该吃完了吧……”王剑辉的哥哥不停地喃喃自语。

手术室里，一切仍在按部就班地进行着。站在一旁观看手术的青年医生孙延军，累得实在站不动了。他趴在手术间一旁的操作台上，想要稍微休息一下。可 50 多岁的赵强，在手术台旁不吃、不喝，指挥着助手、护士、麻醉医生、体外循环组，工作了 5 个小时。越是重大的手术，越要求主刀医生头脑清楚，动作敏捷，就好像一台机器不能出现任何故障。

渐渐，心脏的颜色从原本的苍白泛黄，变得红润了起来。赵强很欣慰，看着正在跳动的心脏，他确信手术已经成功了一大半。但不到最后，依然不能有丝毫疏忽。他嘱咐助手们把皮肤缝合得好一点，千万不要留有间隙。

“胜利了，胜利了。胜利结束了。谢谢各位。”随着赵强的一声欢呼，所有人都如释重负。经过一场比马拉松还要漫长的战斗，他们终于赢到了最后！

手术室的门打开了，看到王剑辉被护士推了出来，家属们赶忙跑来了解情况。老父老母的眼中淌着眼泪，哥哥的双手始终紧扣在一起，他们不知道等待自己的是好消息还是坏消息。参与手术的朱愉医生向他们介绍了手术的情况：“整个移植的过程比较顺利，接下来我们还要调整他的内环境……”在一声声“谢谢”的感激中，家人心中紧悬着的石头终于落地了。

手术室内，医生护士们还在做着最后的收尾整理工作。这时，有个医生走向赵强，向他汇报另外一件工作，却被赵强打断了。“这个时候还谈什么事情啊！搞什么啊！我要喝可乐！”顿时，四周笑声一片。的确，刚刚经历长时间高度紧张的工作，主刀医生最需要的就是躺在办公室的沙发上好好睡上一觉。

还是边上经验丰富的护士体贴人。她已经买好了蛋挞和可乐，让一整夜没有进水进食的医生们立即补充体力。听到有宵夜，赵强顿时乐开了花：“好的，好的，我要吃的。可乐一定要喝的，嘴巴干死了。”

心脏移植的第二天，王剑辉醒了。为了防止感染，医院安排他住进了无菌室，家人只能隔门相望。“剑辉，医生说你每一天至少要吃六个鸡蛋，就当药一样吃，因为你要补充蛋白质啊。”王剑辉的哥哥在门外不厌其烦地叮嘱。虚弱的王剑辉没法回答，便点点头，伸出手做了一个“OK”的手势。

心脏移植是一笔不小的费用，加上王剑辉体内的癌细胞仍有转移的可能性，接下来还要通过化疗等手段进一步治疗。这一切都给这个家庭套上了沉重的经济负担。王剑辉的父母在家务农，家中经济并不富裕，哥哥为了能救活弟弟，只能四处去借钱。这一切，王剑辉并不知道。

临走时，王剑辉的哥哥掏出了手机，隔着无菌室的玻璃窗给王剑辉拍了一张照片。“这里是不允许拍照的，但我还是拍一个吧，免得万一不能进来看了呢。”他对记者说。

关于这台手术，赵强是这样告诉记者的：“从结果上看，非常成功。但是手术的过程比想象中要难。在我的心脏外科生涯里面，做了大概 80 例的心脏移植手术，这个方法是我第一次做。”这时，他的脸上露出一丝微笑，“我们付出的努力，一定会有回报的！”

事实上，我们都不知道，病人家属也不知道，当天赵强主任是带病上的手术台。当时的他仍是医院里一名住院的病人。护士长康磊告诉我们，赵强得的是直肠末端静脉曲张。用通俗的话讲，就是痔疮。久坐久立是引发痔疮最主要的诱因。这对于天天站立在手术台上的外科医生来说几乎避无可避。

2015 年，赵强主刀的手术超过了 700 台，几乎全是危重病人，他的微信签名上写着：“每天都要开心”。在这里，开心指的不是心情，而是心脏。

很快，赵强和他的团队再次迎来了一场令人胆战心惊的挑战。一台特大手术，比之前手术大得多的特大手术。

王斌，看起来跟正常人没有两样，但他很难活过 30 岁。因为他的主动脉随时都会撕裂，大出血死亡。这是一种先天性疾病，被称为“死神”代名词的马凡综合征。

马凡综合征是一种先天性的遗传性疾病，人群发病率仅为十万分之四，具体发病原因至今未知。临床表现并不一致，主要表现为四肢奇长且细，手指脚趾尤为显著。同时接近 40% 的患者有心血管系统并发症，心血管疾病也是该病症主要的死亡原因。2018 年，国家卫生健康委员会等 5 部门联合制定《第一批罕见病目录》，马凡综合征位列其中。

而对于王斌而言，他的病之所以难治，不仅因为少见，更主要的是手术的工程极其浩大，且不能有丝毫闪失。想要救他，一切常规的医学手段都没有办法，必须把他整个身体剖开，把全身的主动脉都换成人工血管。

不仅仅手术难度高，术后护理也非常麻烦。“万一出现并发症，包括出血的并发症，或是肾功能不好，都有可能前功尽弃。你要有这样一个心理准备。”在手术前，赵强谨慎地将所有可能的情况都向王斌的母亲做了交代。

担心的事情还是发生了。术后第二天，王斌出现了急性肾衰竭，无论他的妈妈在身边如何哀求、哭喊，他终究还是没能挺过来。

不久，瑞金医院又来了一位马凡综合征患者。

患者名字叫刘靖，家中的独生女。得知自己的病情后，她的愁苦既来自对未来的担忧，更来自对父母晚年生活的担忧。而她的父亲则坚定地表示，家里就这一个小孩，就算自己没饭吃，也要给她治病！

如果你是医生，让你再冒一次险，你会犹豫吗？

刚刚经历一次失败的赵强依然没有拒绝这家人。同样可能面临失败，甚至可能会影响他做医生的声望，他都要勇敢面对，作为上海著名三甲医院心脏外科的主任，他也是中国为数不多的几位有能力挑战这场手术的人了。

和王斌那时一样，又是一场特大手术。9 名医生，12 个小时，31 块纱布，22 根血管缝线。和王斌那次不同，刘靖活着出院了。穿上喜庆的红色大衣，再一次走出医院，沐浴在户外的阳光下，她脸上的笑容，是对生的无限留恋与喜悦。

虽然有失败，但更多的人活了下来。对于医生而言，当他们在寻求“生”的机会时，必定承担“死”的风险。在这个过程中，他们既能享受起死回生的满足，又会遭遇回天乏术的无奈。成功时，他们收获病人家属的感谢和赞颂；失败时，他们却未必能得到家属的理解与宽容。

之前海鲜中毒抢救无效的邹磊的主治医生车在前，同插在病人身上的管子打了半辈子的交道，没想到在 2015 年 9 月 28 日，自己也被别人卡住了喉咙管子。

那天，几位病人家属因为不能接受病人心衰危急的结果，在非探视时间闯进监护室找医生理论，话不到三句就动手卡住了车医生的脖子。监护室里的监控摄像头记录下了这完整的一幕。

要亲人活，这种心情有多迫切，每个人都能体会。但医学存在着太多无法逾越的变数。毕竟，医生是人不是神。平时，医生们会互相鼓劲说：办法总比困难多。但真碰到无法逾越的难题，找不到解决问题的办法，就不得不接受现实。

好在，现实的种种泥泞，劳累、挫折，甚至是没有被善意对待，赵强和毛恩强从没有放在心上。明明年纪已经一大把了，他们对待工作的热情却总也用不完。在指导年轻医生时，他们这样督促：“在重症监护病房，碰到重大抢救的时候，一定要分工明确，齐心协力。”在发现年轻护士的疏漏时，他们会这样批评：“针尖落在水池里面，我希望以后不要发生。早会上一定要和大家强调！”

现实虽然残酷，却总有亮光照下来。

2015 年中秋节，车在前医生收到了这样一条短信——“临床上有各种风险存在，现实也很残酷。现在他已经入土为安。我们也会逐步调整过来。一切都会好起来的。祝愿您和 ICU 全体工作人员工作顺利，中秋快乐。”这条短信是邹磊家属发来的。

抢救失败了，感谢信却来了。这大概是车在前工作几十年来碰到的为数不多的情况。看着手机屏幕这几行文字，车医生很感动。无论医生还是患者，看到这种毫无保留的信任与尊重，难免都会心头一动吧？

2015 年，瑞金医院心脏外科收治病人 1803 名，其中 70% 为危重病人，死亡率为 1.5%。

2015 年，瑞金医院急诊室，总共收治病人 7412 人，死亡 474 人，死亡率为 6.4%。

2015 年，瑞金医院急诊抢救室，入院人数 266 人，其中 231 人抢救成功，成功率 87%。

今天，在这里，我们记录的是一个真实的医院，一群真实的医生。没有影视剧固有的起承转合，没有名编剧设计的一波三折，没有名演员演绎的一唱三叹，也不一定有符合大众审美的大团圆结局。

即便如此，我们相信，我们记录的每一个案例都能够紧扣你的心弦，都能让你为之屏息、为之感动、为之落泪、为之深思。因为它们是如此的真实，真实得让人觉得残酷，真实得让人感到无奈，真实得让人无法回避。

因为这就是人生。在这里，每一次都是实战，没有演习。

生日

这就是我们所有人的共同经历。围绕着生日，有鲜血，更有婴孩；有挣扎，有祈祷；有悲哭，有喜笑。哭笑纷争过后，都是人性的永恒光亮。

而我们，就是从这里出发，开始了我们的一生。

人间世

每一位历经十月怀胎的准妈妈都期待听到宝宝的第一声啼哭，每一个宝宝都承载着一个家庭对未来新的希望。宝宝呱呱坠地，这个世界上又多了一个新的生命，对于新生命而言，是他拥有了一个新的世界。这是这个星球上最惊心动魄的创造，它值得我们年复一年地庆祝。我们都是这样突然来到这个世界上，开始呼吸，开始生长。可当时，我们对围绕着这个出生之日，发生的一切都浑然不知，我们是如何登场的？又经历过多少艰难？

每天，约有 830 名妇女死于与妊娠和分娩有关的可预防疾病，99% 发生在发展中国家，其中大部分死亡在医疗干预下可以避免。上海交通大学医学院附属仁济医院是上海市危重孕产妇会诊抢救中心，担负着浦东新区、嘉定区与黄浦区等区域内危重孕产妇的救治，在这里，每天都会看到由于各种各样的原因入住的危重孕产妇们，和她们一起面对这一挑战的家人就在医院走廊里或坐或站，他们满怀期待地盼望着宝宝到来的那一刻。

2017 年 5 月 24 日上午，在上海交通大学医学院附属仁济医院产科手术室的门口聚集着焦急等待的家属们。手术室内的病床上躺着一位 38 岁的高龄产妇，她叫林琴。她将迎来第三个孩子。她已经有了两个女儿，但她始终想要一个儿子。不过，林琴的胎盘长得不好，属于凶险性前置胎盘，加上她已有两次剖宫产史，在手术中大出血的可能性极大。

林建华，上海交通大学医学院附属仁济医院产科主任。

据林主任介绍，林琴的胎盘长到了子宫下端的宫颈口，且长到了子宫肌层里边，生孩子的过程和胎盘剥离过程都可能会大出血。因此，在手术前，医院为林琴准备了充足的手术用血，并为林琴做了髂内动脉球囊预置手术，以控制术中出血。

“这个产妇大出血的概率非常高。孕产妇死亡的第一原因就是大出血，这真是非常严重的事情。看我今天运气好不好吧！”林主任无奈地冲着镜头笑了一笑，走进了手术室。

手术开始了。从皮肤开始，医生要依次划开产妇的脂肪层、前鞘、肌层、腹膜、子宫浆膜层、子宫肌层，一共七层才能取出孩子。但在打开腹腔之后，情况和预想的一样严峻，胎盘已经长到了子宫肌层里。将林琴的胎盘从子宫腔内剥离就如同将大树连根拔起，再加上膀胱位置偏高，和大血管靠得很近，大出血几乎无可避免。

边上围观的医生护士越来越多，大家都为手术台上的母亲与腹中的婴儿捏了一把汗。接下来，就要取出孩子了。医生们都明白，恶战就要来了。“但愿我们好运吧！”随着林主任的一声感慨，所有人都进入了战斗准备。

“麻醉师，早点开始输血！避不开胎盘，只能快速进宫腔取胎儿吧。来来来，儿子，拎好。”林主任将从腹中取出的男婴交给一旁的医生，医生接过宝宝轻拍他的脚底、清理了口腔、剪完脐带，终于听到了他清脆的啼哭。林琴终于得到了一个儿子。

可是，对于医生们来说，真正的挑战还在后面。如大家所担心的一样，在剥离胎盘的过程中，林琴还是不可避免地出现了大出血。一个成人的血量是4000 毫升左右，在短短 10 分钟内，林琴已经出了 3000 毫升的血，且有一个非常致命的问题：出血根本止不住。

“再拿五组纤维蛋白原、凝血酶混合物来。”妇产科主治医师周琼急切地催促道。住院医师庄旭一路奔跑，立刻打电话要求送来五个单位凝血酶原复合物，五个单位纤维蛋白原。浸满血的纱布在地上铺满，红细胞和血浆不断地输进林琴的身体，血依然止不住，林主任和助手只能用手压住子宫下端的出血点，不敢动。

林建华医生催促下级医生尽快写病危通知书，“写完马上发掉！”手术室外，主治医师吕煊向门口焦急等待的家属如实交代情况：“我用一句话来形容，因为你看不到，就像喷泉一样的，可以用喷射来形容，就是一股血是直接喷出来的，而且都是这么粗的血柱，几分钟内几千毫升血，马上就没有了。如果采取一切保守型的止血方法，仍然没有效果的话，有可能会切掉子宫。这个你要有思想准备。”

林琴的丈夫苏苗在有些犹豫不决：“真到万不得已的时候才切掉……尽力帮她保住吧……”“对，我们肯定是万不得已，才切子宫的。”吕煊给出了肯定的答案。

血源源不断地送过来。林琴已经输了 6000 毫升的血。止血用的纱布一排又一排铺在手术台旁边的地板上。

“哎哟，太难了。”出血的情况让林主任禁不住感叹道，“再拿 1000 毫升血，600 毫升浆，5 个冷沉淀！唉，一会儿估计 1000 毫升血又没了，这是我看到的最可怕的一个。”

血仍然止不住，唯一的方式就是切掉子宫，彻底锁掉子宫的出血点。手术室外，妇产科主治医师吕煊第二次同家属谈话——

“当机立断要决定拿子宫，没有办法，你不能说因为一个孩子连命都没有了对不对？你老婆已经够不容易了，如果你同意的话，你就写理解病情，同意切除子宫。”

“真的没办法了？”

“对的，你再不拿子宫命都没有了。现在心跳还是那么快，血压很低的。切除子宫，下面签你的名字。”

终于，在林琴生死一线之际，丈夫苏苗在在同意书上签下了名字。手术室内，林建华立刻着手切除孕妇子宫。在无法有效止血的情况下，这是保住林琴生命的唯一方式。比起子宫，生命才是最重要的。

林琴的子宫拿掉了，大出血也止住了。母子平安。

这天，林琴剖腹产手术一共输了 1 万毫升的血，相当于把体内的血换了三遍。手术台旁边的地板上，除了一排又一排止血用的纱布之外，铺满了已经清空的血浆袋，医生清点了手术中用掉的止血纱布数量："大纱布，72 块。小纱布，52 块。"

手术成功之后，林建华终于可以坐在凳子上，伸一伸懒腰，闭上双眼休息片刻。护士帮林琴输完液，把她推回了病房。病房走廊上，一切都恢复了平静。

如果没有宝宝的啼哭声，没有人会知道，刚才，为了一个生命的降生，经历了怎么样的一场殊死搏斗。

十天后是六一儿童节，护士认真给宝宝洗了个澡，在清理掉他身上污垢之后抱着他来到妈妈的床旁，丈夫苏苗在也来到了病床旁，一家三口其乐融融。

"我们那边有一个重男轻女的意思在那里面，我们也是抱有希望，能生男孩子最好。已经有两个女儿了，也想要再有一个儿子。第二个孩子是 2015 年生的，我那时候生了第二个孩子，其实我感觉我那时候都得了抑郁症了，那一段时间心情很不好。其实我觉得还是做男的好，至少不用遭那么多的罪。"躺在病床上的林琴有气无力地说。

2017 年底，在上海交通大学第七届凯原十佳教师的复评公开课上，林建华向在座的教师和学生道出了医生面对高危孕产妇时的无奈心情："生育是一件快乐的事情，但是作为产科医生，其实每天看到很多情况，甚至是命悬一线的事件。说到母亲可能一般通常会说，母亲很伟大。因为我是来自上海市危重孕产妇会诊抢救中心，我们那里的母亲，很多是有严重疾病的，她是不该怀孕的，从理智的角度，我们医生会劝她，你这个怀孕的过程会非常危险，但是有相当多的女性，她是非常坚定的。”

上海市有五家危重孕产妇会诊抢救中心，而仁济医院妇产科，承担了上海40%左右的危重孕产妇抢救任务。在这里冒险生子的母亲，很难说是母性的伟大还是与生命的较量。

饶美玲要生二胎。她已经怀孕七个月了。她大脑三分之一的区域被脑积水占据，在分娩之前，她必须做一个开颅手术。为了做手术，在病床旁边，理发师将她那头乌黑亮丽的长发尽数剃去——那是她留了几十年的长发，从来不曾剪短过。

杨彩丽患有严重的心脏病，不宜怀孕，但为了能和丈夫有个后代，她做好了拼命的准备。“为了要这个小孩，在仁济医院，我住院四次了。我就想为他生个小孩，作为一个女人，不生孩子有点不完整的感觉。”她说。

张丽在怀孕后，血小板只有一万多个，远远低于正常人 10 万个的最低值。这随时可能引起脏器出血，甚至死亡。但她还是想要碰碰运气。“到了五个月，已经有了那种感知，然后明明知道自己有危险，但还是想要搏一把，就这么一个感觉。”她的坚持，或许并不是为了现有的这个家庭，而是为了腹中那个渐渐开始跳动的小生命。

这些高危孕产妇冒死也要生产的心情，作为过来人的林建华医生十分理解。在这里，她见到过由于各种各样的原因而坚持要生孩子的准妈妈：“女人想要生下这个孩子的原因有很多。她可能是为了家庭的完整，或者是对丈夫的爱，或者是迫于其他的压力，婚姻的压力等等，有各种各样的原因。但这么做真的是冒险。那个躺着的监 2 床就说：懂的，道理我都懂的，但是命是我的，我决定要这个孩子！你说，我们还能怎么办呢？”

监 2 床就是吴莹。她 25 岁，患有严重的先天性心脏病，伴重度肺动脉高压。怀孕生子会严重危及她的生命，她的情况属于严禁妊娠的情况之一。“我认为人生要是圆满，就是有个孩子。”面对记者，躺在病床上的吴莹坚定不移地说。

孕检时，医生给她的建议是放弃妊娠，因为从怀孕的最初 3 个月起，她流经肺动脉的血流增加，严重的肺动脉高压会让心脏负担加重。到了分娩时，病情可能进一步恶化甚至导致死亡。她肚子里的孩子已经 28 周了，她和家人也吵了 28 周。医生、家人都竭力反对她这样的决定，但她坚持自己的做法。她的丈夫申杰说：“当时，我们都劝她不要这个孩子，她坚持，她又哭又闹，我们只有同意。”

“他们都说我想不开。可有些事情不发生在自己身上，你体会不到那种感受。即使别人把后果讲得再严重，可她们也有孩子啊！我看到她们都有孩子，那我也想有孩子。风险我也知道，医生也讲了，我愿意拼一把。”

倔强的吴莹赌上了自己，但她背后的整个家庭都被裹挟了进来。吴莹的母亲袁彩霞极力反对女儿的这一决定：“我当时很生气，她还有肺动脉高压，我是不想让她要。但是你看她，她爸爸妈妈（公公和公婆）也都说不能要，她的身体不能要。她就坚持要。劝不动，也都劝了，我这当亲妈的都劝了，怎样都劝不好，你怎么弄。所有人劝她，她都不听，她非坚持要。”

日子一天一天过去，胎儿一天一天长大，吴莹心脏的负荷日渐加重，已经到达了极限。虽然胎儿并不足月，但为了安全，在端午节前，林建华决定为吴莹进行剖腹产手术。

吴莹的丈夫、母亲、公婆都来到了林建华的办公室。林建华向他们分析剖腹产的得失利弊：“再往后拖几天，好处就是孩子再熟一点，但是不好的地方就是妈妈的风险一天大于一天，也就是心脏的危险性越来越重。所以我们想来想去，还是决定要帮她开刀了。但是在这个过程中间也是非常危险，因为她肺动脉高压，突发意外情况非常多，我们就怕术中小孩胎盘一出来的时候，血压迅速下降，心压下降心脏马上供血就不足，心脏没有血的话，马上就恶性心律失常，心脏就乱跳。我们希望好的结局，但是不好的结局一定要理解。好吧，但愿我们都有好运。”在产科待久了，这最后一句话仿佛已经成了林建华的口头禅。

在手术之前，吴莹的爸爸给她打了一通电话。在父亲面前，再倔强的女人也会变回从前那个胆小的小女孩。几个月来独自背负的倔强与任性，在一瞬间化作泪水，夺眶而出。在一阵呜咽声中，除了“害怕”二字，父亲也听不清楚女儿究竟说了什么。丈夫申杰坐在她身边陪着她不断地给她打气：

“路自己选的，有啥好后悔的，拼就是了。”

“我不是担心我，我是担心胎儿。”

“那有啥好担心的。”

“担心胎儿感染，还有就是发育不全。”

“那你觉得，你还能怎么做？这会儿都九死一生了，你要当时流掉了哪有这种担心。没有吧，自己选好的路，只要承担责任就行，明白不？”

比起安慰，“直男”性格的丈夫仿佛更像是在教育。还是同为女人的妈妈更懂得女儿的心思。她知道现在女儿更需要的是转移注意力，卸下心中的思想包袱。她和女儿聊起了腹中孩子的名字：

“我说，你给孩子起好名字了没？”

“起好啦，男孩就叫申天佑，小名叫申百万。”

“让人家笑话，咋给自己儿子起名叫申百万呐。”

“掉钱眼里面了呗！”

不仅是俩母女，边上的人都笑了。这才缓解了刚才凝重的气氛。

为了孩子，吴莹赌上了自己的性命。她被推进了手术室，手术室外的亲人们更是牵肠挂肚。妹妹吴萧婉极不赞成姐姐的任性，在担心姐姐的同时，她更担心父母的心情："我姐她受苦的同时，我妈她也在受苦。"而对于手术的结果，理智又无奈的丈夫摇了摇头，说："百分之五十吧，我觉得手术成功率。别的什么都不说了……"只有公公充满着信心："没问题，我相信，真的，没问题！"然而，与其说是"相信"，不如说是"期望"更切合实际。手术室里这场豪赌的结果到底是输是赢，家人、医生，包括吴莹自己，都不知道。

吴莹躺在手术床上，被推进了手术室。手术开始了。

考虑到吴莹凶险的病情，仁济医院集中了全院最好的产科团队和麻醉医生，力保吴莹能挺过手术这一关。

在准备手术期间，林建华告诉记者："正常的剖宫产手术并不算大手术，时间也不会很长，其中关键节点在于孩子出生的瞬间，因为孩子一旦出来，横膈膜马上就下去了，血液动力马上就改变了。"也就是说，胎儿一旦拿出，吴莹体内的血液循环将发生极大的改变，她原本脆弱的心脏会承受更大的压力，如果血压控制不好，吴莹有可能下不了手术台。这对麻醉医生来说，是一个绝对棘手的问题。

麻醉科主任医师陈杰仔细观察着屏幕上吴莹的各项数值，根据他的临床判断，吴莹的情况显然要比之前想象的更加严重："症状很明显，肺动脉高压很高，早搏很多。该怎么去维护她的心功能，让她在这段时间里相对稳定一点，这对麻醉来说是很有挑战的。"

按照林建华的说法，出胎儿胎盘这一关非常重要。而现在，关键的步骤马上要到了。

出胎盘的一瞬间，医生们喊道："啊哟，羊水三度（污染）了！"随即，浑浊的羊水伴着血水喷射而出。此时，医生们不禁感叹，幸亏及时作出了剖腹产的决定，再拖几天，婴儿极有可能因为身处受污染的羊水中时间太久而发生肺部感染，甚至危及生命。

“放松，宝宝快出来了。”经过各科室医生的全力配合，宝宝终于出来了！吴莹终于有了自己的孩子。尽管这个小男孩只在妈妈的肚子里待了 7 个多月，只有 1005 克，但他还是跌跌撞撞来到了这个世界上。

新生儿医师郑秀革感慨万千，面对镜头她难掩内心的感动：“像这种拼着命要孩子的，我们也会努力地让她们达到一个最好的结局，否则的话真的是太可怜了。这种拼命不是使劲的意思，真的是拼着性命要这个孩子，所以我们会非常努力的。”

孩子出来了，手术渡过了第一关。可此时此刻，母亲却依然没有脱离危险。麻醉医生陈杰继续关注着吴莹的身体情况：“血压不断往下走，需要把甲肾药用上，输液的滴速由 6 调至 8。”直到现在，吴莹的手术还算顺利，但医生们却一直监看着吴莹的各项生命体征，不敢有半点大意。

吴莹被推到了重症监护室，以便进一步观察。

监护室外，父亲与儿子第一次相见了。孩子的身体状况非常好，医生放心地把儿子交到了父亲的手中，让父亲抱一抱孩子。婴儿的重量只有 1005 克，抱在手中，喜上眉梢的父亲丝毫感觉不到怀中的分量。由于早产，孩子将被送往上海儿童医学中心接受进一步的治疗。从上海儿童医学中心小儿重症监护室，到仁济医院重症监护室，吴莹的孩子和吴莹相距不过数百米。他还没有名字，手腕上的绑带上写着“吴莹之子”。

手术后，林建华在走廊再次和吴莹的所有家人交代病情：“我们还是很满意的，她能达到这个水平，你们也看到，是个小儿子，表现很好，总的来说，非常开心过了这一关，但是继续保持冷静，继续往后面努力。”亲人们拉住林建华的手不断地表达着谢意。

就像我们都愿意相信医生总是可以妙手回春，我们对于产房的印象总是如此温暖。饶美玲熬过了难关，终于有了自己的第二个宝宝；杨彩丽终于实现了自己和丈夫的愿望，有了一个完整的家庭；张丽也得到了命运的眷顾，她和宝宝一起顺利出院了。

而那个大出血 10000 毫升，在鬼门关死里逃生的高龄产妇——林琴，也在一个风和日丽的艳阳天里，抱着孩子康复出院了。丈夫苏苗在开心地对医生和记者说："谢谢你们了！有时间到我们那边去玩！"这一切都被申杰看在眼里，"真好，我也盼着这么一天！"他的脸上写满了羡慕，母子相见，全家团聚，是他内心中渴望着的。

然而，这些温馨画面背后的真相只有医生最清楚，这些妈妈为了生孩子到底经历了什么。

手术后的第二天，吴莹就醒了。但是她的各项生命体征极不稳定，常人的血氧饱和度在 95% 以上，因为肺动脉高压，吴莹的血氧饱和度只有 81%，而且仍在下降。这直接会导致吴莹血压下降，心率加速，甚至死亡。

面对残酷的现实，申杰再也难耐不住自己后悔的心情。他后悔当初没有强硬地拒绝妻子生产的愿望："不应该有一点点幻想，绝对应该否认掉！她绝对是不可以怀孕的！你不能拿命去赌！这个东西你赌了，伤心的是谁？是父母、孩子！"

医生办公室里，专家们正在会诊。不同科室的主任、副主任医师都坐在了一起，共同商讨吴莹的治疗方案，他们希望能够同心协力，创造奇迹。

"这个人其实，在我看来，她现在目前不是循环站不住，而是以低氧为主。"重症医学科主任皋源如此分析。

"不让她低氧，又要她血压稳得住，这很难的，肺动脉压力上来不害怕，只要体动脉压力不下来。"心内科主任医师沈节艳提出异议。

"尤其现在是 48 小时左右的时候，是最容易发生肺动脉高压危象的时候，深度镇静，别让她醒。"心血管外科副主任医师胡振雷再三强调。

此刻，吴莹全身插满导管，没办法说话。医生只能给她用一些安眠药物，睡着了，也就感受不到身上的痛苦了。吴莹的母亲袁彩霞哭了，她哽咽着给丈夫打电话。“一天就见两回。嗯，知道，你别挂念了。”

只有申杰，依旧保持着理智和镇定——作为家中的顶梁柱，此刻他必须保持坚强，即便只是故作坚强。在亲人看不到的地方，他低声告诉记者：“其实我也很想哭，但是你不能哭。她妈在这儿，你再哭，她再哭，这成啥样了。”说着，他用力地揉了揉眼睛，不让眼泪夺眶而出。

不久，闻讯的公公也赶到了医院。被问及现在吴莹的情况，申杰不敢对父亲说实话，只好含糊其辞地说：“现在稳定了……”听到这个消息，公公长叹一口气，“哎哟，吓死我了。”随即双腿一软，依靠在服务台的桌子上一阵抽泣。

这段时间，申杰频繁地在仁济医院和儿童医学中心两头跑。既要担心妻子的病情，又要关心儿子的健康。小宝宝在保温箱里睡得正熟，新的生命正在拼命地吸取养分。这是它生长最快的阶段。他的骨骼、心脏、肌肉都在快速发育，以适应这个新的世界。护士告诉申杰，宝宝很健康，每两小时孩子会吃一次奶。

护士把宝宝抱出了保温箱，告诉申杰可以抱抱孩子。尽管在婴儿刚出生时，申杰毫不犹豫地就抱起了他，但此时此刻，申杰却是手足无措，心慌意乱。他一会儿说自己的手太脏，怕把细菌传给幼儿，一会儿又说不知道怎么抱，但护士还是把宝宝交到了他的手上。他小心翼翼地接过襁褓中的小生命——这一抱，才真正感受到了这个幼小生命的重量。

护士告诉他：“宝宝平时会哭的，但是今天特别乖，因为知道爸爸来了。”申杰抱着孩子，只有这一刻才能让他杂乱的内心获得些许宁静。

吴莹的爸爸吴孝生也赶到了医院。他戴上帽子，穿上隔离衣，站在吴莹的床边，一遍遍擦去吴莹眼角的泪水，告诉她：“不要难过，一定要挺过去，会没事的。”他用手机拍下了孩子的照片，想让吴莹看看健康的宝宝：“你看那小孩多好，你看多好，一定要坚强，听到没有，坚持几天就好了，我知道你难受……”看到照片中的宝宝后，吴莹的情绪更加难以平复，频繁分泌的体液呛住了喉咙，这使得她愈发难受。监护室的医生连忙帮她进行应急处理。

在重症监护室的第八天，吴莹的血氧饱和度已经降到 59%，只有常人的六成。而且，她的肺部又出现了严重的感染。重症医学科主治医师邢顺鹏对吴莹的病情非常不乐观：“本身肺动脉高压就怕感染，现在她的体温非常高，39 度 4。”重症医学科主任医师皋源持有同样的看法：“今天病人情况还是不太好，还是比较严重的低氧。”

仁济医院各科室的医生再次被调动了起来，拼命救治。

医务一处副处长江燕耐心地向申杰介绍当下的情况：“我们等于是尽全院的力量在治疗她，但是，病情还是非常危重的。”妇产科主治医师汪川告诉申杰：“如果体温下来，肺部感染控制住她还有希望。但我估计她今天清醒的时间都没有。”面对吴莹，每一个身为母亲的医生都希望能尽全力让她活下来：“她一眼都没看过自己的孩子，你说可惜吗?”

申杰来到吴莹的床边，握着她的手，在她耳边告诉她：“我跟你说，你需要静养，知道不，静养。你一定要坚强地活着，听见没？你还有好多事没有干。”走出病房，申杰长叹一口气，这样的情况下，他能够做的只有不断地给吴莹打气。

吴莹是 2015 年与申杰结婚的。在那之后，她曾经经历过 2 次流产，2016 年，她又第三次怀孕。欢天喜地的夫妇俩还特地去拍了一套孕妇写真。幸福的生活曾经距离自己那么近，现在却又距离自己那么远。如今，丈夫只能独自躲在角落，一边擦眼泪，一边翻看手机中两人的合影，回忆这一段幸福甜蜜的时光。

悲剧的时刻终于还是来了。

夜色中的城市如此静谧。吴莹的病床前，医生们正在拼尽全力进行最后一次抢救：“两个瞳孔都散大了。”“肾上腺素再给一次，肾上腺素五毫克。有了有了，再给，两毫克。”“来来来，换人、换人。”医院动用了一切力量，心肺复苏的医生换了一个又一个，然而，一切都已无济于事。“滴……”心电监测仪发出了尖锐的声音，心率数值终究还是降到了“0”，急救医生们的手无奈地停了下来。

“不可能回来了。医学不能解决所有问题，这种病人根本就不能怀孕。”虽然不甘心，但 ICU 主任皋源依旧作出了最残酷的判断。

亲人们在病床前痛哭流涕，申杰目睹了眼前的一切，万念俱灰地离开了病房。医生们用被子盖严了吴莹的身体，把她推往另一个房间。“这要是一场梦就好了。你看，即使是上海最好的医院、最好的技术，现在也无能为力。”吴莹的公公沉浸在深深的自责之中无法自拔。而另一边，她的父亲和母亲早已哭成了泪人。

带着宝宝，申杰和他的父母、岳父母，驾车星夜赶回了老家。

病房里，护工们开始打扫病房。作为旁观者，他们或许能给出最为客观的判断：“最苦的还是宝宝，宝宝没妈多可怜啊！执着，把命都搭上了……”

第二天，参与救治的科室主任们又坐在了一起，召开总结会议。对于这次的不幸，林建华主任斩钉截铁地作出了明确的表态：“我觉得大家心情也蛮沉痛的，这么年轻，还留下这个一千克的小孩。所以这个绝对是妊娠禁忌症，根本就不该怀孕的。这给我们的教训是，当我们以后遇到所有禁忌症的孕产妇时，真的要严格把握，不能有任何同情心。”

然而，现实中的矛盾却又令林主任无可奈何：“但是我们有的时候也很尴尬，准妈妈说生育权在她手上，无论你怎么沟通、怎么谈话，她认命了，她不肯终止，那我们也不能强迫把孩子引产。但是我们心里知道，这种妊娠合并症，重度肺动脉高压的孕产妇，真的要反复谈，反复谈，往死里谈。跟她说这个严重的后果，要不停地把这些案例，惨痛的案例讲给她们听。”

繁衍是生物的本能。但繁衍，对人类意味着更多。生的是男孩还是女孩？遇到一些特殊情况要不要引产？产妇面临着引产带来后遗症时该如何抉择？提前剖宫产还是等到孩子长到自然成熟顺产？孩子生下来该怎么养？

产房里看人心，产房里看社会。

在林建华心中，孩子就是家庭的纽带，有了孩子这个家庭完美了，后面很多都会变好。

也有些家属的看法更加直接：“孩子是一个欲望的载体，家族系统也好，整个社会也好，我们往往以为欲望，都是自己的欲望。我们仿佛很清楚自己要什么，然而，我们所谓的自己的欲望，都是被别人规定的。”

生而为人，无论身为何种性别、何种肤色，我们曾经都是孩子；生而为人，无论生在什么时代，信奉什么理论，孩子都是我们的希望。

2014 年 5 月 1 日下午两点，上海市徐汇区龙吴路一高层住宅发生火灾。着火高楼所在小区属于动拆迁安置小区，小区内群租现象严重。起火的 1301 室正是一套典型的群租套间。为了能租给更多人，二房东在客厅用木板做了简易的分隔，房间内私拉的电线、烹饪的油桶随处可见。当这些安全隐患聚集到了一起，一场无可收拾的大火无法避免。

接到 119 报警电话后，消防战士迅速赶赴现场实施扑救。然而在灭火过程中，90 后消防员刘杰和战友钱凌云被灼热的气浪掀出窗外，不幸从 13 楼坠落，壮烈牺牲。“携手为人民出生入死壮志凌云，并肩降火魔义无反顾勇为人杰。”英雄的生命是为了保护百姓的安危而陨落的。公安部追授钱凌云、刘杰为革命烈士并颁发献身国防金质纪念章，上海市公安局党委追认二位烈士为中国共产党党员并追记一等功。共青团上海市委追授他们“上海市青年五四奖章”。

然而，再大的功勋依然无法换回两位年轻战士的生命，无法改变父母痛失爱子的悲伤事实。两位烈士中，钱凌云 23 岁，年龄更小的刘杰生于 1994 年，年仅 20 岁。不仅如此，他们都是家中唯一的孩子。

2017 年 12 月 22 日，冬至。刘杰的亲人们和战友们来到龙华烈士陵园，在那里安放着刘杰的骨灰。再一次在灵位前烧一支香，再次亲手抚摸刘杰的照片，抹一把眼泪，一幕幕美好的回忆再度映入眼帘。那是长辈眼中的好孩子啊，那是战友心中的好兄弟，就这样突然离去，有谁能忍得住这巨大的悲伤。

从烈士陵园出来的路上，刘杰的父亲刘军喜感慨万千："一晃三年都过去了。""对，2015、2016、2017，三周年了。"同行的亲人们应答道。

回家的车上，刘军喜向记者讲述了他们失独后，夫妻俩的生活状态："头一两年的时候，我和我爱人在家里面，就是你看着我、我看着你，一点活着的心情都没有。我爸爸我妈妈，还有我老婆的爸爸妈妈，都对我们说，你们一定要再有个孩子。不行的话你们就抱养一个孩子回来。我就想，抱养一个孩子我真的不愿意，毕竟没有血缘关系。"

刘家是一个典型的中国家庭，和绝大多数中国家庭的观念相同，在刘杰的爷爷奶奶、外公外婆心中，小孩就是家庭的核心，没有孩子，整个家就会散："现在一个个家庭就是以小孩为主，对吧？家庭不就是围绕着小孩转嘛。"

去烈士陵园的队伍中，少了一个很重要的人——刘杰的母亲应贤梅。她不是不想去，而是不能去。这几天正是她最关键的时期，不仅对她，更是对全家，因此她绝不能受到任何的精神刺激。

刘杰牺牲了 3 年，刘军喜和应贤梅一直想再要一个孩子。为此，42 岁的应贤梅尝试了四次试管婴儿，全部失败。一个月前，她在上海市红房子妇产科医院集爱中心做了第五次试管婴儿。锲而不舍，寻找希望。

在她看来，一个完整的家庭才是生活的意义："有一个孩子的家庭才像一个家呀，2015 年和 2016 年时都没有做成也是和当时的心情有关系，怎么说呢……受到挫折总会想到很多很多伤心的事情，现在情况逐渐好转了，也有绿色通道了，也有很多人关心了，觉得生活还是有希望的。”

2017 年 12 月 23 日，今天是一个大日子，应贤梅夫妇要去上海市红房子医院听候她这次试管婴儿复查报告的最终结果。

集爱中心的李路医生见到应贤梅，立刻亲切地拉起了她的手。她和应贤梅一样期待着宝宝的检测结果：“来来来，今天是‘毕业’前的最后一个报告。我们看一下结果，看看宝宝的胎心。”

应贤梅躺在检查台上，李路仔细地观察着显示屏：“应贤梅，我也像开奖一样，我要看胎心。”医生们小心地为她做了彩超检查，胎儿的各项数据已经能够看得出来：“头颈 16 毫米，头臀长 50 毫米，胎盘厚壁 15 毫米。太好了，婴儿已经成形了，脑袋都看到了！”李路欣喜地把显示屏转向应贤梅那边：“看到没有，你看到这个了吗？这个是头部，你看看他的胎心。”她指着显示屏上不断跳动的位置，对应贤梅说。边上的护士也为她高兴：“来，第一次，跟小宝宝打个照面。两只手、两只脚，心跳，看到了吗？”“嗯，跳得还是强有力的，太好了，太好了。恭喜恭喜，闯关成功！”李路发自内心地替她感到高兴。

看到显示器上动态的图像，刘军喜双眼盯紧屏幕，生怕自己漏掉什么。应贤梅从检查台上站起来，长出了一口气，如释重负的她难以抑制自己的情绪，紧紧拥住李路哭了出来：“太不容易了。”

李路深深地知道，对于刘军喜和应贤梅来说，这一刻实在等得太久太久了。“我都要掉眼泪了。我还是说一句，我做医生从来没有这么有价值感。”李路告诉记者。

应贤梅喜极而泣，她哽咽着拉着李路说：“明年是我儿子的本命年，明年也是我这个小孩出生，我这个孩子也是属狗的。”李路感同身受：“是啊，我就说了，是你的小孩来找你了。挺好的，要加油，后面的路还有很长呢。”

有了盼头，日历的跳动就有了截然不同的意义。

2017 年 12 月 26 日是应贤梅首次产检的日子。检查室内，通过检测仪器，孩子的心跳声如咚咚打鼓一样十分清晰，听着孩子心跳，应贤梅夫妇是那样的开心，一切都在他们的期盼中顺利进行着。

2018 年 3 月 2 日是应贤梅做超声筛查的日子。由于年龄偏大，考虑到这个小生命来之不易，产科主任程海东详细询问了她的身体状况。“1994 年你生过一胎哦……还可以，你每个星期长一斤，到时候自己生应该没问题。”听着医生的话，应贤梅放心多了。

2018 年 4 月 5 日，清明节。应贤梅还是无法去看望牺牲的儿子。怀孕 24 周的她被诊断为“妊娠合并糖尿病”。医生为她量身定制了健康饮食、运动等全方位的治疗方案。孩子越来越大，应贤梅的行动越来越不方便，但她依然按照医生的嘱咐坚持每天运动。“天天下午，到那个准点，你要不出去走的话，在家里坐都坐不住。他在里面翻江倒海的，我跟你讲，非要你出去走。你出去走了，什么事都没有。”

2018 年 6 月 7 日，在应贤梅怀孕第 29 周的时候，她突然在家中肾结石发作，下腹部绞痛，身上不停地冒冷汗。丈夫带着她赶到了妇产科医院。此时的应贤梅疼得浑身乏力：“这种疼，等过几天再加上生孩子怎么受得了。精疲力尽。”程海东医生安慰她说：“很快就要生了，我觉得也就是一两个星期里面的事情。反正挺好的，就等这一天，我们都等这一天。”

2018 年 6 月 26 日，应贤梅的生产日终于来临了。

早上 9 点，宫缩来了。应贤梅躺在病床上，拼命地把脑袋往枕头上砸，试图转移些许下腹部的疼痛。程海东检查后，让她放松一些，因为接下来疼痛还会更加明显。助产士向丈夫解释说：“女性的骨盆有个最窄的地方，宝宝现在就是卡在那个地方，过了这个坎，一下就好了。”

生产持续到第六个小时，孩子没有出来的迹象。在这期间，刘军喜始终陪伴在她床边。她告诉丈夫：“年龄大了，真的不行了。我没有体力了。”

生产持续到第八个小时，孩子依然没有出来的迹象。应贤梅眼神僵硬地四处张望，嘴里喊着：“我真的生不出来了，这比死还难受。”刘军喜不断地给妻子擦去脸上的汗水，纸巾已经湿了好几张。

生产持续到第十个小时，孩子还是没有出来的迹象。应贤梅的眼神变得恍惚，口中的呻吟也变得愈发微弱：“真的不行了，我要晕过去了。”刘军喜把手枕在妻子的颈下，希望这样能稍微缓解些许她的疼痛。“每个女人生孩子都是这样，今天她的眼神不一样，看人都是很直很直的，因为她痛得太厉害了，平时她真的一点不怕疼的。”

最后，医生决定帮她转下原本不太正的胎位。这样能让生产变得稍微顺利一些。在宝宝即将来到这个世界的时刻，不仅仅丈夫，所有的医生和护士都在为应贤梅加油打气。

宝宝要出来了！程海东医生一边为她接生，一边持续地高喊：“非常棒，持续。好样的，再来再来再来再来，好样的，再来再来再来再来，非常棒。很好！”丈夫也在身旁不断地鼓劲儿：“加油加油，再来。老婆加油！”

22 时 50 分，终于，应贤梅生下了一名 2910 克重的女婴。刚刚出生的宝宝睁着亮闪闪的大眼睛，好奇地看着这个世界。她不知道，为了迎接自己的降临，她的妈妈、爸爸和身边的每一个人，付出了什么样的努力。

医生把宝宝抱到应贤梅的身边，让她亲一亲宝宝。看到孩子那小小的身体，她再次喜极而泣。一旁的父亲也掩饰不住激动的泪水，他不断地说：“太好了，太好了，我们有一个完整的家了。如愿以偿，真不容易！”

孩子取名刘梦湲，是圆梦的意思。满月这天来了很多人，红房子妇产科医院给小梦湲送来了蛋糕。上海的消防员特地给小梦湲送上了一件迷你消防服。看着穿上消防服的小梦湲，应贤梅和刘军喜会不会回忆起自己的儿子刘杰？

直面伤口，才能彻底治愈伤痛。

离开医院，应贤梅一家去了上海市徐汇区消防支队，刘杰曾经战斗过的地方。

军号嘹亮。全体消防队员列队欢迎英雄母亲回家，刘杰的战友们整齐地向应贤梅行军礼。“我今天非常激动能到这里来，平时我也没这个勇气到这里来，今天带着小梦湲，到这里我就感觉像看到这么多士兵，好像就看到我的儿子一样，心里特别开心，也有勇气站在这边了。所以这所有一切都是小梦湲给我带来的希望，给我的勇气，谢谢，谢谢大家。”这一天，应贤梅终于走出了过去的阴霾，向着未来的生活迈出了第一步。

生命的降临是这样艰难，才值得我们年复一年地庆祝。无

英雄母亲应贤梅一家在上海徐汇区消防支队向《人间世》摄制组赠送锦旗，她带着新出生的女儿回来探望儿子牺牲前服役的部队

论世界怎样变化，命运多么无常，无论活到多大年纪，在生日之际，我们都愿意像一个孩子一样，祝福自己：生日快乐。

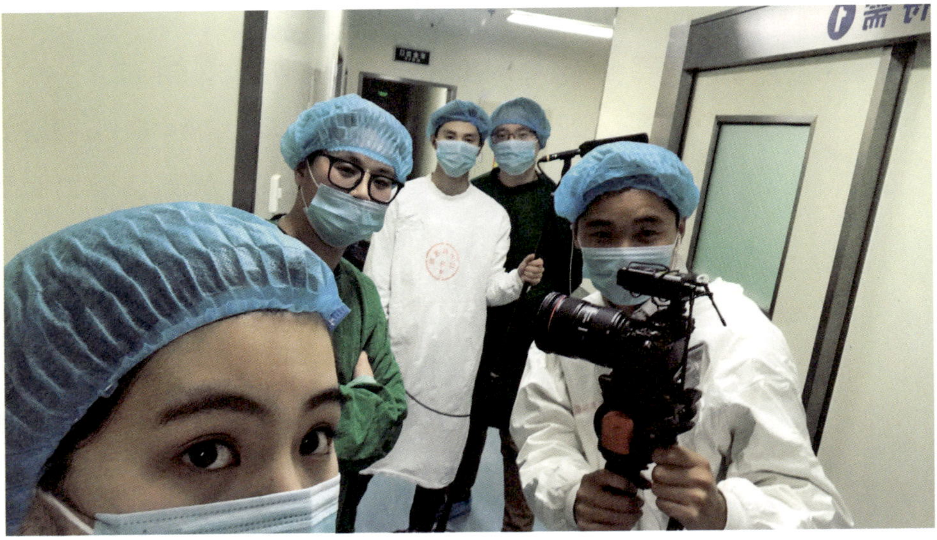

2017 年 12 月 31 日晚，《人间世》摄制组在复旦大学妇产科医院等候元旦宝宝的出生

这就是我们所有人的共同经历。围绕着生日，有鲜血，更有婴孩；有挣扎，有祈祷；有悲哭，有喜笑。哭笑纷争过后，都是人性的永恒光亮。

而我们，就是从这里出发，开始了我们的一生。

儿科医生

第二天，她悄悄对小女孩说：『你是不是很害怕？住在这里不开心，对不对？看到小朋友很难过，对不对？你不会这样的，你跟他们不一样。他们是生了很不好的毛病，所以才走的。你看，平时树上的叶子会掉下来，但有的叶子还是长着的，对不对？那些掉下来的叶子是因为它们坏掉了，或者是没养分了才掉下来，但是更多的叶子会长在树上，对不对？你是会长在树上的那个，知道吗？你相信医生吗？会好的，对不对？』

人间世

045

2017 年末爆发的流感，让儿科医生的窘境，暴露在大众眼前。流感的大爆发使儿科变成医院的“重灾区”，2017 年 1 月 9 日，天津海河医院儿科医生超负荷工作，集体病倒，导致该院儿科停诊，引起舆论的广泛关注。事实上，海河医院事件绝非孤立，每年一度的儿科疾病高发期，对中国的所有儿科医生，都是巨大的考验。

中国儿科医生短缺的情况不仅一直存在，并且他们的数量还在不断地减少。《2013 年中国卫生统计年鉴》显示，包括助理医师在内，我国共有执业医师 261.6 万，其中仅有 3.9% 是儿科医师，约 10.2 万。据相关统计数据显示，我国儿科医师的缺口至少有 20 万，儿童看病难的形势可想而知。

在儿科，工作强度和压力随着医生的入职年限而逐年攀升，并且儿科发生医疗纠纷的概率比其他科室高出许多。近年，儿科医生辞职的现象已是屡见不鲜。这些原因真的是压垮儿科医生的大石吗？儿科医生短缺的境地该如何解决？上海电视台导演范士广带着《人间世》摄制组，从上海交通大学医学院附属新华医院小儿急危重症医学科医师——朱月钮的工作日常出发，蹲点拍摄记录，一起探索儿科医生在医院发展体系里所处的位置，他们究竟面临着怎样的困境。

女人四十，有了丈夫，有了孩子，有了自己的事业。能把这些都照顾得面面俱到的人，微乎其微。人们总会顾此失彼。朱月钮心里也很清楚，人到了这个岁数，要多点时间陪家人。但她是一名 ICU 的儿科医生，贴上了这个标签，它就与普通职业有着不一样的境况。每天，踏进这道门，朱月钮面对的是一个个孩子的生生死死。她几乎没有时间和心思再去想别的，这份职业素养与需求要求她，必须全心投入。

朱月钮常常会说这么一句话："不是说我有多高尚，换作你是救人的医生，你也会这么做。"

病房里，儿科医生需要有很多对话技巧，方便自己融入孩子的世界，与他们沟通，这些过程，总是充满童趣的。但是，看到一些小孩子，要遭受不期而遇的痛苦，医生的心也会揪成一团。不过真正让人难受的，是在外面和孩子家长的沟通。进了 ICU，没有一个孩子的病情是轻描淡写的，都是重症。"肚子里长肿瘤，骨髓里长肿瘤，胸腔里长肿瘤，脑子里长肿瘤。"这些听了让人难受的话，每时每刻都充斥着儿科 ICU。作为医生，需要告诉家长真相，再难听的话也要说出口。要让他们理解并接受现实。最需要的，是得到他们的信任和支持。

这个过程，对儿科医生来说，是一种煎熬。但他们，每天醒来，穿好衣服来到病房，又要面不改色地迎接一场场挑战。说起朱月钮的工作，就一定要提到老张，他们一起工作搭档了 10 年。十年的工作岁月，他们一起讨论诊断，一起抢救病人，结下了深厚的"革命"友谊。老张的医术很好，人又勤奋，又认真，很少和别人红脸。而朱月钮形容她自身的脾性，却是截然相反的——比较容易上火。儿科医生待遇一直不高，工作强度很大，老张却很少抱怨。相伴了 10 年之久，朱月钮没有想到，2018 年伊始，她的故事却是从老张开始的。

老张再工作一个星期，就要离职了。

新华医院属于教学医院，对学历学位要求很高。老张是本科毕业，在论文课题的写作发表能力上，稍微弱了些，毕竟没有经过硕士、博士的专门训练。因此，在未来职业发展空间里，老张觉得没有盼头了。朱月钮也有同感。和老张比起来，她也只是学历高一点，文章多一点，希望看起来也多一点。因此，朱月钮还在咬牙坚持着。

"查房前我先说一件事情，也是我最后跟你们说了，白蛋白和球蛋白的事情，你们在书写方面一定要谨慎。"老张在 ICU 跟他所带的临床医生，作着离职前的最后交代。朱月钮在一旁看着，等待着他放下手中的事情，和他聊一聊。“礼拜五晚上我们请你吃饭。我们都已经订好地方，人也叫好了，就差你，主角都没有登场。”好不容易逮到机会，朱月钮拉着老张在一旁说了起来，此刻他们说话的语气缺少了平时带着理性的严谨，更多的是老朋友之间相互寒暄的随意。“谁指使的？”老张满是疑惑地问，“领导指使的。领导舍不得你。”朱月钮这时将手搭在了仪器上，生怕不把领导搬出来，老张就不出席这场“欢送会”了。老张一走，儿科科室就如同少了左膀右臂一样，不止是朱月钮觉得可惜，就连他们的老领导朱晓东，说起老张的离职，言语间也满是惋惜：“他（老张）在我这边能上呼吸机，能做气管镜，能做血液净化，能做体外膜肺仪，能搞血浆置换。但是我们的体制导致了这样的门槛，在这边他看不到未来职业发展的前景。我跟他谈了不止一次，我还发动其他的医生跟他一起谈。这对于我来说是很伤心的一件事情。”

到了跟老张吃欢送宴的这一天，朱月钮早早换了衣服下了班，拿上要送给老张的礼物，往医院大门外奔走：“今天早上查完房，老张说，我走了，我就觉得心里空落落的。”老张刚走，朱月钮心里就有了伤感。

“革命”伙伴的友谊，难以割舍。

到了饭店，见到老张，朱月钮立马安静不下来了：“我坐老张旁边去，我有礼物要送给你。”这么热情，老张一时半会适应不了：“你搞得那么隆重，不好意思。”三言两语，一桌人坐到了一起，举起了酒杯：“我们还是有事业在做的。”一群儿科医生举起酒杯，思考了良久才说出了这样一句话，老张听完立刻作出了回应：“还是为祖国的儿童事业做贡献。”做儿科医生这么多年，还能有什么怨言呢？为了把大家不舍的情绪拉回来，朱月钮把自己准备了许久要送给老张的礼物拿上了台面：“我先把东西给你了，我待会忘了，送你一支笔和一个钱包，希望你书写更漂亮的人生，把钱赚得多多的。”周围响起了掌声，老张看着礼物，表情竟鲜有几分羞涩：“谢谢！谢谢！”话语声刚落，其他人就起哄了起来："钮钮你搞得好煽情。你搞得大家要忍不住哭了，你要为他开心。"两位昔日的搭档，酒桌之后就要告别了，这让谁看着都会不禁眼角一酸。

话题来到了这，火锅里的热汤也开始煮沸，冒着浓浓的水汽。朱月钮被这股水汽呛了一下，不知道是内心的情绪涌了上来，还是水汽在作怪，眼光泛起了泪花："今天早上他说他走了，我就觉得很难过。"酒尽人散，再多的言语也表达不了对昔日搭档离去的不舍，朱月钮讲到这已经组织不出语言了。这时候领导朱晓东为了缓解气氛，开了嗓："我们科室建立到现在为止是四年，四年辞职走了四个医生。这次轮到我们张老师，我们的痛，儿科医生没人当。你不要看我们医院是这样，其他地

朱月钮送别科室同事

方医院也是缺儿科医生。我每年几乎想要招一些年轻的大夫、年轻的医生，真的好难！”是呀，从老张要离职，到这顿欢送宴。字里行间，不难让人看出，儿科医生的生存困境。

“大家记住这份情吧，来，干杯。”这天，还是在一片欢声笑语中结束了。老张去了私立医院，为他的发展谋求另一片天空。一个战壕里的战友，从此又少了一人……

老张走了，朱月钮少了一位很重要的工作伙伴，但每天要面对的病人却更多了。依然会有危重症患儿，需要进行抢救。

儿科也叫“哑科”，因为孩子还不会表达疾苦。“小朋友，小便没有，你可怎么活啊?”诸如此类的自言自语，朱月钮每天都会有很多次。医生要像侦探那样从现象推断到本质。所有的谜团，短时间内很难揭开，但你必须先拿出救命的方案。比如郭海洋，突然呕吐、昏迷，说胡话。详细地询问后，医生才明白原因：郭海洋因为从小喉咙有毛病，他的父母会长期喂食他止咳糖浆。他在上星期六突然呕吐不止，他的母亲第二天带他看了医生，医院给他开了头孢和利咽颗粒。郭海洋服用后第二天就开始呕吐，直到今天已经昏迷不醒。

郭海洋母亲这段表述下来，花费了不少时间，朱月钮和朱晓东才分析出，郭海洋病发前已经服用了至少四种药，从某种角度来看，药量会过大。最后，医生怀疑他可能是急性药性中毒。经过几天的血液透析，郭海洋出院了。

又比如儿科 ICU10 床，男孩被送来的时候已经不省人事，一轮检查下来，病历本上却只能写上“病因不明”。离这个男孩子昏过去将近一个礼拜，他依旧是意识不清，胡言乱语。

两天后，医生们经过一系列检查，终于查出 10 床的小男孩得的是一种先天性代谢病。这种病的发病概率几十万分之一都不到，治疗的特效药也很难找到，只有一种叫“苯甲酸钠”的药，长期服用方能维持他的性命。朱月钮找来了孩子的父母，跟他们讲明了情况："这个病有个药，是常规要吃的，这也是遗传科医生开给我们的，叫苯甲酸钠的。这个药我们国内是没有卖的，类似于一种食品添加剂。"听到了"国内没有"这几个字，家长紧张了起来："这个药物是经常性吃吗?""吃一辈子的!"朱月钮放大了声音的分贝，生怕家长没听清。"啊！吃一辈子?"这句话真把家长给吓到了。但医疗现实就是这么残酷，不吃一辈子，这个孩子就会没命。他的一辈子，要和"苯甲酸钠"绑在一起了。

让朱月钮感到惊喜的是，三周的治疗后，10 床的孩子竟然可以走着出去了。"慢点，旁边坐一下，确认下来能走。"一旁的护士焦急地提醒着孩子，但三周没和大地亲密接触，孩子的性子按捺不住，兴奋地朝病房门外走去。"拜拜，下次别来了。"经过前台，护士姐姐轻声跟他打着招呼，也对他说出了自己的期盼。因为在医院，你永远也不能说出"再见"两个字。

"那谁，等会儿！他有多久没走路，你让他走出去!"从病房外查房进来的朱月钮，从远处看到 10 床的孩子，就扯高了嗓子喊。护士赶紧拿来了轮椅。

面对好不容易康复的小孩子，朱月钮就像刚刚修复了一个价值连城的宝贝，恨不得别人轻拿轻放。"吓到了。我感觉被我吓到了，像我女儿一样，嗓子一响吓到了。"朱月钮捏了一把汗，站在孩子一旁跟他讲话，面对朱月钮这一嗓子，孩子也不知所措地站在原地看着朱月钮。孩子的父母赶来把孩子接走了，临走前，孩子用很小的声音说着："谢谢阿姨。"朱月钮已经好多天没有这么舒心过了，听到孩子的声音，立马笑逐颜开："不谢不谢，希望你不要再来。"

送走一个孩子，还是会不断有孩子回来。儿科医生的工作，每天都像是大考，一个人有时很难招架。但儿科的主治医师的招聘是一个难题，一个方面是因为苦，你要有愿意咬着牙干的精神。另一方面，主治医师要承担的责任很重大，有时候一个决定如果出了偏差，会涉及生死。

可朱月钮今年的坏运气，仍在继续。今天，领导找朱月钮谈话了，因为一名急诊女医生怀孕了，领导把朱月钮身边最得力的医生调去了急诊。朱月钮的帮手又少了。

不过，对于朱月钮来说，真正的坏消息，是女儿的成绩在下降。吵架、忘记接孩子放学，这已经成了朱月钮的家庭难题。“今天早上又跟我老公吵一架。”一大早，她又在跟身边的护士讲起昨天晚上她家里的矛盾。“又怎么了？”听到这话，护士好像早已不感觉奇怪。“为来为去为我女儿，功课做得不好，我就发火。我老公就说你又不负责教她，你凭什么指责她，就骂我。”朱月钮说完，笑着叹了一口气。有一种无奈是，你明明知道问题症结在哪，但却无从下手。

日子再难也要继续，生活再复杂也要去解开。就这样，2018 年最糟糕的一天，毫无预兆地降临了。这一天，儿科 ICU 接到了一名酸中毒的孩童，病房里的医生护士忙里忙外，孩子的情况依旧没有好转。朱月钮最后来到了诊室外，见了孩子的家长：“小孩情况不好，整个人反应很差，基本上对我们打针抽血，是没有任何反应的。”话音未落，住院医师送来了一张检查清单，朱月钮赶忙往 ICU 走去。孩子濒临生死边缘，朱月钮辗转于 ICU 与家长之间，一刻没停下。

而就在她辗转的这个过程中，另一名患有免疫缺陷病的幼儿的家长在门外拦住忙碌的朱月钮问了起来：

幼儿家长：我们今天能转了吗？

朱月钮：没有，不能转。

幼儿家长：为什么不能转？

朱月钮：神经科不收。

幼儿家长：它没理由不收。

朱月钮：这不是你的问题。

幼儿家长：谁的问题?

朱月钮：我现在没空跟你讲这个事，我现在里面有个病人要“死”了。

因为要抢救病人，朱月钮当时比较着急。但因为这句话，这位幼儿的家长去医务处投诉了。手中的工作还放不下来，一边却还要接听医务处的电话，拼命解释：“大概刚刚碰到他们家属一次，我说现在没空跟你说，我说我有一个病人一塌糊涂，我现在在抢救他。没空和你说这个事情。她就冲出去投诉了。”

将心比心，刚才投诉的那位家长也有不容易之处，她的孩子有免疫缺陷病，目前高度怀疑患有结核感染，现在，幼儿的生命体征平稳，下一步需要进入专科医院进行明确诊断，之后再进行专科治疗。家长想给孩子转到普通病房居住，但普通病房的医生觉得结核具有传染性，并不愿意接收这名幼儿。

现实情况下，谁都会有自己的难处，但谁也无法做出让步。这名幼儿的家长最后投诉到了市民热线。但医疗不是商品的买卖。这牵涉到公共安全问题，不是简单的投诉能够解决的。

问题的解决，最后还是需要医患双方坐在一起，面对面沟通。

最后，朱月钮还是来到了诊室和家长坐到了对面。经过沟通，家长已经初步了解到孩子没法转病房的原因。可没想到，因为幼儿的湿疹，朱月钮和家长之间又有了新的问题：

幼儿家长：皮肤怎么办?

朱月钮：所以我们现在先解决问题。阿姨你先慢点说，你整个扰乱了所有的节奏。皮肤的确比较红，我早上帮她翻过来（看），她现在是好一些。

幼儿家长：主任，我有两个意见要说，一个是皮肤，还有一个头颈，她跟我说了，说她现在一直睡这边，如果头颈出问题，你们要帮我们治疗，她把我转过去，我们现在马上就走，我们也要对小孩负责。

朱月钮：那么就办出院，我要你签字办出院。

幼儿家长：怎么叫我们签字呢？把那个皮肤看好！把头颈弄好！

朱月钮：阿姨，没这回事的。

又是一场充满了情绪的争吵。无奈之下，朱月钮选择离开。

可是，刚回到病房的朱月钮，又接到了医务处的电话。电话那头传来家长们吵架的声音，朱月钮把电话放在一边，脾气终于上来了："干嘛啦？干嘛啦？医务处打电话来。我烦死掉了。就听到那里在吵架。"

抱怨归抱怨，但问题总要解决。朱月钮最后还是忍着性子联系了公共卫生中心的床位和转运的车辆。因为湿疹，她还请了皮肤科的专家来会诊。

那天，为解决这个问题，从中午到晚上，牵扯了朱月钮大量的精力。与此同时，病房里还有很多危重症患儿，需要她治疗。到晚上 8 点 40 分，投诉的家长，终于理解并接受了建议，同意转诊去公共卫生中心。

这天到此，朱月钮已经持续工作了 13 个小时。因为午饭、晚饭都没来得及吃，朱月钮饿得胃疼。幼儿的家长也目睹了所有这些——一名医生真实的工作是怎样的。于是，幼儿的妈妈问朱月钮："是什么精神支持你做这个工作，我想了解一下。"朱月钮拿着水杯的手在空中顿了一下，笑着说："我有个女儿，我要给她一个高大上的印象，人要努力工作才有饭吃。"幼儿家长这时抬眼看了一眼朱月钮："做医生这么辛苦，你要做到明天？"听到这个问题，朱月钮立马回应："我理论上 4 点半就应该回去了。我刚才还在跟他们说，我女儿今天彩排我也没有去。"

又是工作，她再一次缺席，女儿生命中不可或缺的时刻。

今天，朱月钮女儿下午就要考试了，但早晨起床的时候却生病了，朱月钮为了照顾她，让她来到医院自己的休息室里睡下了。到点了，朱月钮就去休息室把女儿叫醒："起来了，下午要考试了。"女儿拖着迷迷糊糊的身体，唰地一下从床上爬了起来，踉跄着想要站起来，可是腿却怎么也直不起来。朱月钮一边拿起运动鞋给女儿脚尖套上，一边说着："还有个鞋穿起来，自己穿。"可是女儿却好像怎么也记不起来如何穿鞋了，鞋子套在脚尖，唰唰地就往外走。朱月钮只能一边喊着一边帮她穿鞋子："我帮你把鞋子穿好，往里面蹬。"

"我女儿这个童年过得也是比较放任的。"送走女儿后，朱月钮和同事聊了起来。昨天她早早下班回到了家里，看着女儿频频退步的成绩和漫不经心的功课，她就火冒三丈。但每次火上来的时候，她就会回过头想想老公说的话：你到底有什么资格责骂孩子，你又没管过她。现在孩子大了，身为妈妈的朱月钮没有尽到责任，自然就没有理由去硬性管控孩子了。"我每次帮我女儿弄功课的时候，就觉得很亏欠她的。"朱月钮说完这句话，就像一个做错事的孩子一样，说话都有些结巴。同事听到这句话，赶忙接了一句："你知道亏欠就对了。"可是，认识到自己的不足之后，身为儿科医生的朱月钮又能为女儿做些什么呢？"但是你要知道这里，我以前做普通病房主治医生的时候，下班就下班了，不好反正有总值班医生，总值班医生不好转下去，到 PICU 我就没事了。但现在，讲穿了我每天下班，我背着几条人命回家，这几条小人命就攥到我手里。我如果没有及时地诊断，发现一些问题，可能就耽误人家了。"在家庭与生命之间，朱月钮最终还是选择了后者。

工作、生活，谁能切分得那么清楚。一头是病房翻江倒海般的生死，一头是女儿一去不返的童年。根本没有一个正确答案。

到了朱月钮这个年纪和工作阶段，同样让人头痛的，还有医院的高级职称评定。这对一名医生的成长至关重要：第一，没有副高职称以上，很多课题、项目经费是很难申请下来的。第二，医生的所有待遇，都是根据职称来评定的。

第三，它也是医生职业的成就感。之前，副高职称评定结果下来之前，朱月钮内心对自己还是充满了信心。但当名单下来之后，她没有评上。她感觉到了从内心深处不断涌出来的失落感。

评职称的硬要求是科研文章，但儿科医生的短板，就在这里。因为医生少，每天都忙不过来，留给科研的时间实在有限。一头是临床工作，一头是科学研究，两个都是治病救人。但孰轻孰重，先顾哪头，相信很多儿科医生和朱月钮有着一样的困扰。这些具体的事情，你到最后都能想明白。但有很多严肃的问题，你又可能会陷入思考的死循环。比如那些得了绝症的孩子，医生已经束手无策，但为了维持生命，孩子们却要在 ICU 承受一波波治疗的痛苦。

在儿科 ICU 1 床躺着的孩子，大脑严重萎缩，并患有严重的先天性心脏病，又感染了肺炎，身上插满了管子。他肯定难受，但医生也很难从根本上逆转他的病情。孩子的呼吸算是平稳的，医生给他做过脑电图，他的大脑已经没有了任何脑电波活动。但孩子的母亲依旧十分执着，不愿意接受现实，坚持给孩子进行治疗，以延续他的生命迹象。“有的时候我叫他，他还有反应。”这样的状况已经维持了一年多了，孩子的妈妈依旧是不死心地对朱月钮说出这样一句话。

“他是活着的，他会有呼吸。但你看这脑子，正常这个是满的，他都是空的，整个脑子萎缩掉了。”面对妈妈的坚持，朱月钮还是需要告诉她事实真相。

时间越长，孩子就越受罪。

终于，1 床孩子的家长选择了放弃。

护士给孩子把最后的导管全部撤掉了。因为撤掉了呼吸机，孩子立马浑身发紫，口里喘着一口又一口的大气。

“好了好了，不痛苦了。”护理一边对孩子说着话，一边把孩子抱了出来，送到了家长的手里。

“儿子唉……儿子唉……”家长一边抱着孩子哭泣，一边往医院深处走去。

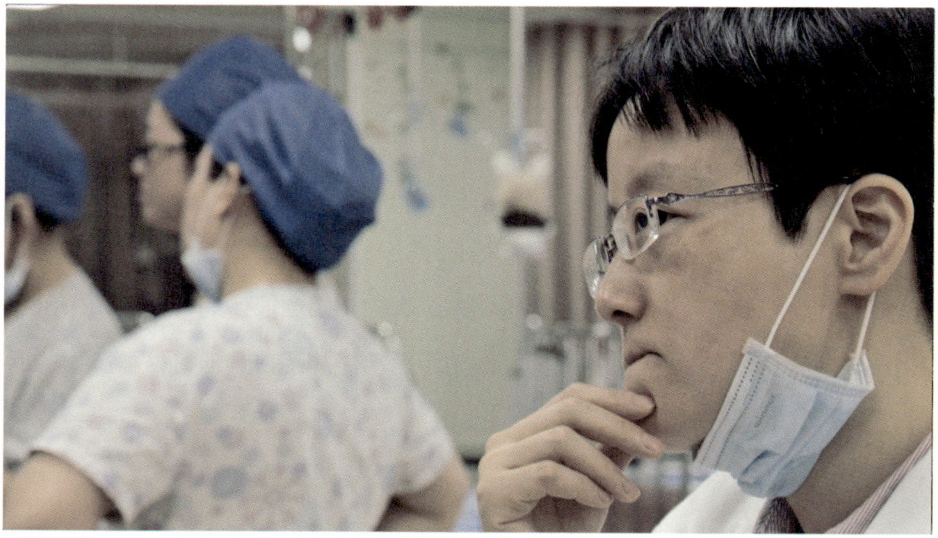

朱月钮的日常表情

此刻的我们明白，并不是每个家长都有勇气选择放弃治疗。面对死亡，谁都没有抉择的勇气。

儿科 ICU2 床的孩子，脑部长了恶性肿瘤，在放疗过程中，生命垂危，被紧急送到了这里。在家长和朱月钮的对话中，我们可以感受到他们对孩子生命的渴望：

朱月钮：你是小孩的妈妈，目前来讲，我们发现他是没有自己呼吸的，然后瞳孔是散大的。这个给我的感觉，就是脑干功能不好了，肿瘤还在进展。我能做的是给他一点支持，不是特别乐观，你要有思想准备。

孩子的父亲：有一线生机，我们都不放弃，走到最后实在没办法我们也认了。

朱月钮：你们也尽力了，帮他开了刀，还做了那么多次放疗。

孩子的父亲：我们是在跟这个癌细胞赛跑，你把它压制住你就赢了，我们每一次放疗都在赌。到了现在这个地步，你要说一直坚持下去，你一直相信他会好，我觉得这个也是自己在骗自己。但是后面我想一想，还是给他一个机会吧。

只要生命平稳，孩子马上就要接受进一步放疗。放疗间和儿科 ICU 无数次地与死神赛跑，循环往复，从春天到初夏，2 床的孩子每周都要折腾一次，他也越来越瘦，可肿瘤仍在恶化。有时候，医生自己都会怀疑，他们究竟是在救他，还是在给他增加痛苦。

目睹这一切痛苦的，不只有医生，还有 ICU 里的其他孩子。病房里有一位小女孩昨晚目睹了 2 床小朋友离去的过程，这很大程度上刺激到她幼小的心灵。

孩子第二天悄悄和家里人说，她情愿在家里疼死，也不再进儿科 ICU 了。听到孩子说的这番话，朱月钮意识到，不能让孩子心理刻画出——进了 ICU 就是死亡——这种可怕的印象。对于内心世界更成熟的孩子，她们还要多一重“心眼”。第二天，她悄悄对小女孩说：“你是不是很害怕？住在这里不开心，对不对？看到小朋友很难过，对不对？你不会这样的，你跟他们不一样。他们是生了很不好的毛病，所以才走的。你看，平时树上的叶子会掉下来，但有的叶子还是长着的，对不对？那些掉下来的叶子是因为它们坏掉了，或者是没养分了才掉下来，但是更多的叶子会长在树上，对不对？你是会长在树上的那个，知道吗？你相信医生吗？会好的，对不对？”短短的一段话，朱月钮却用了五个“对不对”，她迫切地想让小女孩摆脱内心的恐惧，又迫切地想从小女孩嘴里得到释怀的答案。

人的一生，绝不总是面朝大海，春暖花开。它隐藏了各种忧愁、尴尬、苟且、伤痛。但朱月钮相信，医生可能比别的职业，更容易找到存在的意义。

2018 年 6 月 6 日晚上，一个 10 岁的小女孩得了暴发性心肌炎，病情凶险。

医生的第一反应，就是用他们一切的能力，把孩子救回来。关键时刻撑她一把，她就可能回到正常的生活中去。朱月钮安慰着小女孩说：“阿姨刚刚检测过了，你比你刚来的时候要好一点，你看所有人都很紧张，怕你会变不好。放松睡觉，明天早上醒过来，就是另外一个景象了。”小女孩眨了眨眼，轻声地应了一句“好”。

不久，情况突然起了变化。

“血压一直往下掉”。旁边的护理叫过朱月钮，小声地告诉她这一数据。小女孩越来越紧张，越到后面，整个身体都在发抖。

“没事没事，会好的……”这句话，朱月钮重复了一整晚。

没事，是安慰小姑娘的。心肌炎导致她的心脏收缩功能急剧下降，随时可能出现循环系统的崩溃。到晚上 10 点，医生决定给她装上 ECMO（体外膜肺氧合），也就是体外生命支持，允许她的心脏暂时休息，从而给医生赢得治疗她的时间。

“装了体外的心泵，对她的心脏实际上是没有治疗作用。做这个泵，是让她这三天甚至一个礼拜，先能够活下来。抗病毒的药物、消炎药、激素各种我们都在用，这些药就是，它给我们争取了一点时间来治疗她。”朱月钮详细地跟小女孩的家长讲着 ECMO 的作用，小女孩的家长非常理解以及配合治疗，情绪算是被稳定了下来。

2018 年 6 月 7 日凌晨 2 点 25 分，小女孩的体外生命支撑已经进行了 4 个小时。这时，小姑娘身上有两套系统在运转，一个是她自己的心脏，一个是体外生命支持系统，两个系统必须维持在一个相对平衡的状态。这就要求医生随时监测病人的病情变化，并调整体外生命支持的强度，24 小时持续监护 ECMO 的运转，监测病人的血气、凝血、血压、出入量，以保证生命支持的安全和有效。

自然，医生也就没了下班的时间。甚至，没有人敢轻易闭上眼睛。时钟滴答滴答，时间慢慢地过去，此刻体外生命支持已经进行了 7 个小时。可是，朱月钮一刻也不能离开。这期间，她见了孩子的家长，哽咽地说着：“希望你女儿也能很快回到学校去。”

时间一过，就是 36 个小时。病房里，除了窗外撒进的月光，还剩下她和小女孩的身影。

和疾病抗争，总不是一帆风顺的。2018 年 6 月 9 日凌晨 2 点 34 分，装上 ECMO 的第 52 个小时，小女孩的血压又不稳定了。“你按照现在的补液速度算，什么叫到目前为止？说的话听得懂吗？”面对着不乐观的数据，朱月钮夹杂着火气，对身边人吼出了这句话。一条命就攥在她的手里，她的压力真的很大。

小女孩心脏的状况比昨天更差了，朱月钮喊来了孩子的父亲和母亲，告诉他俩这一情况。疲惫，写在每一个人脸上。相比家长，能守在孩子身边的，只有医生了。朱月钮和小女孩的家长谈完话，缓慢地走进自己的办公室。记录到现在这个时刻，朱医生留给摄制组的总是背影，因为她每时每刻都在赶，摄影师在面对这么多突发情况，镜头对准她的时候，往往只剩下她的背影。这次，朱月钮没有立刻做着她的事，而是缓缓地转过身子。她哭了。她哭着说出了下面这段长长的话：

> 其实也蛮有意思的，转念想想今天早上，我跟我们家的保姆说，我今天晚上晚点回来吃晚饭，你们先睡觉，结果一晚上没回去。后面，我就跟保姆说，这两天我可能回不去了。所以给我女儿做点好吃的，我做的就这么多了，也做不了什么事情。
>
> 这里面那个小孩，她今年也是 10 岁，四年级。我很想救她。如果她能挺过这一关，她有可能回到学校去正常上学。但是我觉得我女儿很可怜，考试都没有人关心她。我女儿也 10 岁，也四年级，她也只有一次人生，我

朱月钮为抢救病人 48 小时没有合眼

觉得很可怜。

好啦，我回去了，我回去睡个觉再来。

2018 年 6 月 11 日下午 4 点 20 分，守了小女孩 116 个小时，终于，她的心脏可以独立跳动了，ECMO 撤掉了。“妹妹，你是醒的，伸个舌头给我看看好吗?”小女孩突然睁开了眼睛，滚动了一下双眼，俏皮地伸出了舌头。这一下，把朱月钮的心牵动了起来。这一次，她是真正救起了一个生命。

在平凡的生活中，就是这些事情会让你觉得自己是带着光亮的。

转眼间，时间又来到了高级职称评定的这一天。

“各位领导，大家下午好，我是朱月钮，来自小儿重症医学科。我是 2006 年开始担任 PICU 主治医生至今，发表了论文 10 篇，SCI4 篇，累计影响分数是 9.2 分。2015 年到 2016 年参加美国哈佛大学医学院的全球临床研究者项目，我的毕业设计获得推荐奖……”

这是朱月钮竞聘高级职称的演讲内容。愿她成功。

国家卫生计生委科教司副司长金生国在 2016 年 2 月 24 日就儿科医生培养问题指出，中国儿童总数 2.26 亿，每千名儿童只有 0.53 名儿童医师，与发达国家存在一定差距（0.85—1.3），与儿童医疗卫生服务需求存在差距，特别是实行“全面两孩”政策后，儿科医疗保健需求将更为迫切。国家将采取更有利的措施来加大儿科人才培养工作的力度，到 2020 年，力争使儿科医师达到 14 万人以上，每千名儿童拥有的儿科医师数达到 0.6 人以上。

2017 年国务院办公厅发布《关于深化医教协同进一步推进医学教育改革与发展意见》，要求加强全科、儿科等紧缺人才的培养。

命运交响曲

医生总是要面临千千万万个和死神奋力一搏的时候，有时候是胜利，有时候是徒劳。胜利时，病人以及家属高高兴兴走出医院大门，拥抱着新一天的阳光。徒劳时，医生接受着生离死别的残酷时，又要思考着如何给失去亲人的家属们一个合理的解释。

人间世

065

“医患关系”是医务人员与病人在医疗过程中产生的特定医治关系，是医疗人际关系中的关键。随着中国医疗卫生体制不断改革，“医患关系”这个专有名词已经成为现当代最敏感的词语。

医疗纠纷的处理难度越来越大，对其处理以行政为主体转变以法院为主体，医疗纠纷易于引发社会反应，成了社会各界关注的焦点。如何处理“医患关系”，成为了中国现代医学最重要的难题之一。

作为上海市卫生健康委员会和上海广播电视台联合策划的大型医疗纪录片《人间世》，通过对医患关系的真实记录，帮助病人与医生换位思考，互相理解。这一次的记录用了一年。一年里，摄制组蹲守记录了 100 例真实的医患关系案例。

在医院，面对病人以及病人家属恳求焦虑的眼神，很多时候医生只能无奈地给出不确定的回答：“哪有百分之一百的疗效啊？世界上有这种东西吗？”有时候病人把医生当作救命的神，但我们知道，在病魔面前，医生也只是个争分夺秒的普通人。如果我们走进医院，看到医生与病人皱起的眉头、握紧的拳头，眼眶里的泪水，看到他们都在沮丧、委屈和痛苦时，你会深深地感受到：医学为何如此复杂麻烦，人的命运为何如此难以捉摸！

“医学永远是一个比例，不是一个承诺。”

——陈勇（胸外科医生）

上海交通大学附属瑞金医院，全国闻名的三级甲等综合性医院。一直到 2017 年，住院、门诊、急诊的满意率都超过了 90%。即便是这样，医学也很难做到完美。在摄制组记录的多个案例中，风险时刻存在着。

在瑞金医院的神经外科病房，住着一位名叫许华琴的病人，她的病被医学界称作“天下第一痛”——三叉神经痛，她忍受这种痛已经 10 个年头了。为了这个病，她曾经在外院做过两次手术，但是五年前病情又复发了。这一次做完手术之后，她的面部又发麻了。几乎全身一半地方发麻的她，只能在病床上艰难地对着医生说：“以前这个地方不麻的，现在也麻了。”而她的家属，在赵卫国医生的诊室里，焦虑地和医生谈着话：“如果还是出现刺痛这种情况，是不是说明手术是不成功的?”手术之后却没有取得理想中的效果，许华琴的家属并不清楚这当中到底出了什么差错，他所能做的是从医生口中得到确切的回答。但面对并发症的出现，医生赵卫国无奈却耐心地讲解着：“开好刀以后各种各样的并发症在一定范围内，是不可避免的。”

并发症，英文单词是 complication。本身就是混乱、麻烦的意思。它指的是得了一种病，有可能还会引发另一种病。很多并发症既无法预料又难以避免，这让许华琴一家有点难以理解。在这种复杂混乱的医学状况面前，语言显得十分苍白。

除了三叉神经痛，面部痉挛也是常见的脑神经疾病。在赵卫国医生门诊室里坐一天，你能看到，这可恶的面部抽搐折磨了多少人。40 岁的胸外科医生陈勇，被这种症状困扰了快 10 年。无数次给病人做术前谈话的他，这一次坐到了医生对面。由于面部的抽搐，我们分不清此刻的他内心是何感想，但是和赵卫国的谈话间，我们能感受到陈勇的紧张：“实在是很困扰!”赵卫国笑笑说：“胸科医院医生自己也生病了，你们自己医生要开刀是不是很慎重?”“有点怕!”陈勇不假思索地点了点头。面对着同事，赵卫国说话不像对其他病人那般委婉，所有情况以及可能性都一五一十地照说不误：“并发症，没有 100% 的疗效，做不到。”

诊断结果出来了，需要做一个微创的开颅手术，陈勇面对着手术通知单，毫不犹豫地签下了自己的名字。为了缓解一下紧张的气氛，赵卫国幽默地说道：“角色转换一下，体验一下。我觉得医生做一次病人还是非常需要的。”对于这一套说辞，陈勇表现得完全没有任何负担。但我们知道，这只是他内心的自我暗示——在医生这个岗位这么久，所有概率性的事件陈勇都碰到过。他曾经告诉过摄制组，之所以这么长时间没有来做手术，是害怕自己滑到小概率事件当中。“在医学上，对于一项治疗，对于一项重大的医疗决策，永远是一个比例，而不是一个承诺。”陈勇意味深长地说出这样一句话，作为医生，他能给予的最大尊重就是相互理解。

“Please come to do me a favor.”赵卫国对助手小张挥一

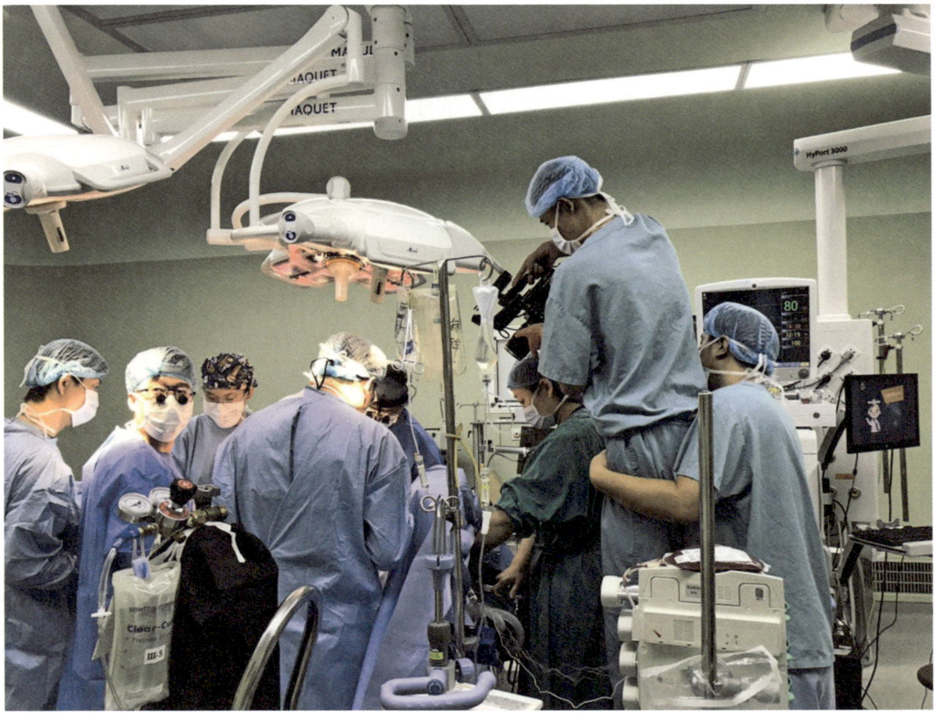

摄制组跟拍心脏外科手术

挥手，开始了给陈勇的开颅手术。和很多外科手术血肉横飞的场面不一样，脑外科医生的手套是白的。因为他们并不需要大刀横动，如果你有机会到开颅手术的现场，你会认为这一秒的时间被时光机定格住了。赵卫国就像老和尚打坐，一动也不动，看不到他眨眼，也感受不到他呼吸。他手里的枪镊，透过放大镜能看出，在陈勇的脑袋深处，一点点行进。不一会，赵卫国找到病根了。一根血管搭在白色通透的面神经上，对它造成了压迫。医生需要将这根血管与神经分开，中间垫上特氟龙垫片。通俗讲，就是家里电线漏电了，要缠上胶带，让它不跑电。

由于大脑的神秘性，赵卫国的操作很难确保对神经有没有损伤。就像我们拆快递，再仔细，也很难保证胶带纸不会撕坏纸箱子。几个小时之后，原本一动不动的赵卫国长舒一口气，我们猜到，手术应该成功了。经历了这样一场手术，我们能清楚地感受到，这对于医生的细心程度以及心理承受方面有多高的要求。在常人的生活里，经历了这样一件高强度的事件，往往要放松下来好好休息，但是病人太多了，赵卫国有时候需要连着做三台这样的手术。医学并不是一门完美的科学，除了技术和经验，医生有时也需要运气。陈勇这次运气不错。

“天天要吃饱穿暖，那其他病人怎么办？”

——邹纬（临床输血科主管技师）

医院是医疗资源的集中地，但几乎每一家医院都是在资源紧张的情况下努力保证着医疗的水准。血液资源是医疗资源中最紧张的资源之一，在输血科，每天都会有络绎不绝的医生、病人跑来询问，血液袋上一个个冰冷的字母，就是一份份希望。在这里，太多人需要血了。

在瑞金医院心脏外科的会议室里，每周都要举行一次会议，而有一个主题每次都要被讨论——如何合理分配血液。没血的病人要抢救，生命垂危的病人要抢救，凡是要输血的，都是关乎生命安危的。血给谁，怎么分配，怎样和病人家属解释？会议的主题永远不会变，也永远变不了。

病人沈平患有严重的心绞痛，需要尽快手术。入院十多天，各项检查做完后，安排好的手术却被叫停了。因为血库通知没有血了，但是在等待的过程中，病人的病情随时有可能恶化，真的到了这种情况，沈平的手术就会上升到急诊手术。但大家可能不知道，在通知没有血的情况下，主治医生往往会比病人更焦急。“我们经常为了血的问题跟血库争执。用血的顺序肯定是这样的，首先照顾最急的病人，就像我们器官移植的顺序一样的。”年轻的医生刘俊面对镜头如此说道。血液资源紧张，只能优先分配给急救病人。而沈平只好继续等。

在输血科里，主管邹纬的电话一刻都不能放下。一天的上班时间里，他大部分时间除了盘算手里的血液如何分配，剩下的时间就是与病人和其他科室的医生“纠缠”。他成为了医院的“香饽饽”，因为他手里的血液，每一袋都是救命的。外科、内科都要用血，“120”突然送来的病人抢救要不要用血？有人手术不顺利会不会又要申请手术用血？但所有病患都会认为自己的病是最重要的，他们看不到其他人的情况，邹纬每每遇到这种情况，都要说出这样一句话“天天要吃饱穿暖，那其他病人怎么办？”

现实就是这样，病人太多了，择期手术的血不够用。沈平的心脏像一个炸弹，不早一点手术，谁的心里都不踏实。面对时间一点点地流逝，外科医生刘俊深知不能继续拖下去了，面对病魔，外科医生不能轻易低头，没有条件，也要创造条件。和病人以及家属商榷之后，一场没有血的手术要毅然决然地进行了。刘俊反复争取，只向邹纬要了一袋血。经过科室反复讨论，赵强主任决定将血型相同，手术相似的两个病人手术安排在一起，沈平先做，如果不需要输血，这一袋血还可以留给下一台手术。除了血液，主刀医生赵强还给这台手术定下了一个 KPI——只能用五块纱布。

心脏，是人体血液循环最重要的中心。沈平的心脏上，有三根血管已经堵塞，很容易引起心肌梗塞造成死亡。这次手术，医生需要给心脏搭桥，在三根堵塞的血管上分别进行旁路移植，让血液流畅通过心脏。只有一袋血，那就要确保沈平心脏少出血，少出血的前提，就是医生的动作要快。赵强开胸的同时，刘俊也划开了病人的大腿。但人的身体组织变幻莫测，有的时候碰一碰就会出血。这么一台手术，除了争分夺秒，还要小心翼翼。

给心脏进行旁路移植的血管来自病人本身。赵强取的是胸骨侧缘外侧 1 到 2 厘米处的乳内动脉，而刘俊取得是左下肢内侧的大隐静脉。他们一点点地用电刀切开皮肤，用镊子将血管剥离。人体的血管并不会完全封闭，还有很多看不见的小血管网交错沟通。为了防止血液漏出，医生需要把这根生命通道上的分支一一结扎掉。处理完血管，赵强打开了病人的心包，他们要在跳动的心脏上直接挥舞手术刀。赵强需要把血管由近端到远端缝合到心脏上，取代病变的血管，使心肌重新获得充足的血供。这就好比一座桥梁可以让公路跨过山川河流，让交通畅通无阻。

“第一根……第二根……血流好了。”看着赵强一眨不眨的眼睛，旁人不禁心里为他默念着。“最后一根……血压 100……”。终于，这场争分夺秒的“战争”在赵强的努力下，不费一袋血，成功了。透过严实的口罩和手术服，我们看到了赵强眯成一条缝的笑眼，他开心地对着镜头说了句：“谢谢！”数了一数，不多不少正好五块纱布，用外企流行的说法，KPI 高质量地完成了。如同命运交响曲一样，在宣告好结果的情况下，它让人长舒一口气。

省下了一袋血，代表着下一个病人有救命的资源了。血来得太不容易，医生一点点挤着血袋，一滴也不能浪费。看着沈平从手术室被推出来，家属都围了过来，放下了心中的一块大石头。这样的一次手术，这样的一场大病，让他们意识到了血液对于人的重要性，也让他们意识到现如今医疗资源稀缺的紧迫性。沈平的爱人激动地说：“以后我要是看到献血的话，我会动员身体好的家

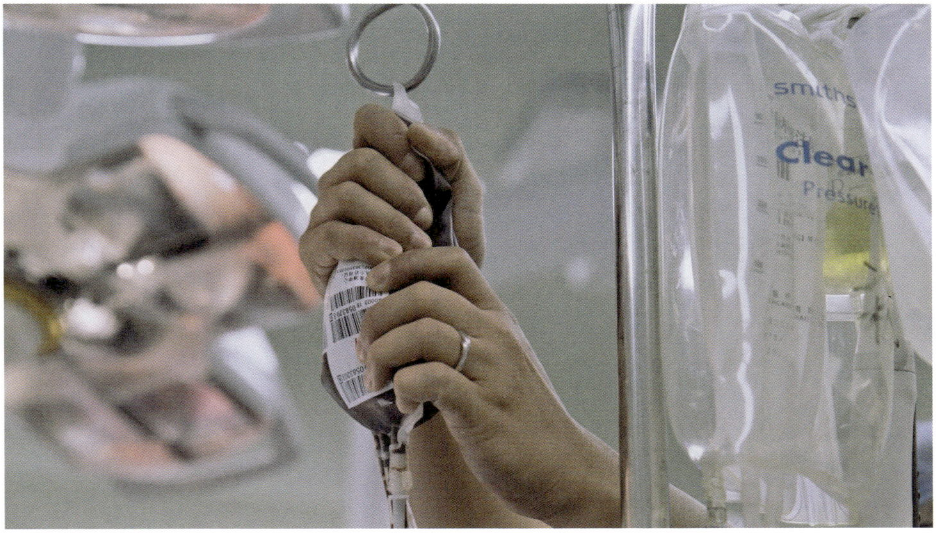

临床用血资源紧张，病人手术时，医生双手用力挤着血袋，一点儿也不敢浪费

人可以献点血，真的，为大家也为自己。方便大家也是方便我们自己，真的。”不只是病人，医生身处这个行业，早已知道，医疗资源的紧迫性，而这种紧迫性，往往会给医患关系带来大大小小不同的矛盾。

2017 年，上海市献血人次为 36.26 万人，平均每 1000 人中有 15 人参加献血，其中单位团队献血占 59.6%，目前，上海临床用血处于“紧平衡”状态，特别是高温和春节后，血液供应相对紧张。

对于一个医疗水平相对发达，医疗体系基本覆盖全民的国家，世界卫生组织推荐的年人均用血量是 5 ml；发达国家一般在 5—8 ml。按此计算中国每年每千人口需要用血 5000 ml。中国的献血率是 0.9%，也就是说每年每千人中仅有 9 次献血，而且中国大多数献血是 200 ml。这样的话，中国每年每千人口的献血总量约是 2600 ml。其中，还有一些献出的血液未达到输血合格标准。换句话说，就算我们献出的血液全部合格能用于临床，也是远远不够的。而且，随着经济与医疗水平的快速发展，中国的临床用血量每年都以 10% 以上的速度递增，献血与用血之间的差距还会进一步扩大。

“自己跌倒自己爬起来，我也是这样过来的。”

——黄梁（急诊科副主任）

要记录医患关系最直接最明显的部门，非医院的综合接待办莫属。瑞金医院向摄制组敞开了医务处综合接待办的大门，使得剧组可以深入处理医患之间的问题，了解医患问题环节的处理过程。综合接待办有四位女士和两位男士。男人们听说要被拍摄记录，只肯给摄制组留下后脑勺。后来我们才知道，他们曾经被病人家属在马路上追，撞在了水泥柱上。

综合接待办的两间接待室，是每一个医生都不愿意来的地方。刘西英主任说，医患双方有很多信息并不对称。在接待中，如果预见到可能会发生医疗纠纷，解释和沟通就非常必要，这样一来，一些矛盾就能避免升级，甚至化解。“我们做接待工作，有时也是在两难和两痛的境界里作选择。站在病人的角度上来考虑这事情。如果出现并发症，或者病情恶化，甚至死亡了，家属行为过激是可以理解的。但是站在我们医生的角度上来说，每个医生都把自己的医疗生涯、自己的声誉看得比生命还要重要，他都希望自己所有的病人最好都是痊愈，所有手术最好都是百分之百的成功。但是这不大现实，也不大可能的。这就是医学的缺陷。”这样一段解释，是每一位旁观者都能理解的。但是当你身处那种境地，感性与冲动往往就会占据你的大脑。沟通很难，每个人都希望医学不断进步，但是没有人愿意成为进步的代价。

医院不是保险箱，不能仅仅用结果来判断医生的好坏。医生们在综合接待办这两间接待室里，需要面对着家属们的种种质疑。身披着神圣的白大褂，顶着救死扶伤的头衔，对于病人，他们每一刻都不敢怠慢，何况这是一条条活生生的生命。很少有医生在病人面前哭，这会被人误会，认为医生承认自己有了过失。但这一次，医生程东峰没能忍住。他手上有一个病人手术后死亡，他为了这个病人，写了 46 页的病史，开了 106 页会诊记录，124 页的医嘱单。如今，这些努力全白费了。“心里还是蛮伤心的，也是付出了很多的心血。”程东峰一边擦着眼泪，一边哽咽地说。在了解了医疗情况之后，病人也十分愧疚。“谢谢程主任，不好意思，我们不是针对你的。”所有干戈，在一句原谅话语中立刻化为玉帛。

手术像个拳击运动一样，有些病人被一拳打倒了，能够迅速地爬起来，而有些人被击倒以后爬起来很慢，甚至爬起来又会摔倒。而医生在这场运动里，只是扮演着队友的身份，家人作为一边至亲的观众，有时候可以和医生站在一个战壕里。是否能真正地站起来，还是要靠病人本身。“到最后他还是站不起来，家属是不是能理解这个过程？在这个过程，我们大家都希望能把他救回来的，突然又终止了。我说不出来的难受。”程东峰面对着镜头，说着说着又哽咽了。

看多了生死，医生应该比大多数人更坚强、更抗压。但在综合接待办待得久了，你会发现事情并不是我们想的这样。很多医生即使在医疗行为中没有过错，依然会内疚。这个过程如此残酷和艰难，却几乎是一名医生的必经之路。

2017 年 11 月 9 日，某位病人因粘连性肠梗阻在瑞金医院创伤外科做了手术。11 月 22 日病人正常出院，但是一周后病人突然腹胀并且再次入院，动了第二次手术，最终医治无效死亡。

粘连性肠梗阻 (Adhesive Intestinal Obstruction) 是指由于各种原因引起腹腔内肠粘连导致肠内容物在肠道中不能顺利通过和运行，是现在比较常见的一种肠道疾病，该病部分可经非手术治疗获得症状消退，但大多数反复发作或保守治疗无效，仍需要接受手术治疗。在短短的二十多天里，该病人经历了两次手术，最终还是走向了死亡，作为病人家属，完全无法接受和理解这当中发生的一切。从医三十多年的外科医生黄梁在病人家属面前也表示，这种状况他也从未见过：“没有病情进展那么快的，所以我就跟医院提出这个的确很蹊跷，是不是再找一些比我更高的专家来评论一下。”

黄梁是这次死亡的病人主治医生 X 的上级。由于影片的播放可能会对 X 医生产生未知的影响，所以在接下来事情发生的过程中摄制组隐去了他的身份。X 医生在其职业发展生涯中还处于上升阶段，而现如今发生了这样一件事情，对于 X 医生的打击不可谓不大。

为了降低或杜绝有可能出现的医疗差错，瑞金医院设有专门的医疗缺陷委员会。2017 年 12 月 14 日，瑞金医院医疗缺陷委员会组织了专家讨论会。这一次，X 医生需要接受严格的质询。而其余专家则在 X 医生详细的盘述之下，对此次死亡的病人的两次手术以及治疗进行复盘。对疑难杂症的复盘，有时就是医学进步的开始。

病人入院后，诊断为粘连性肠梗阻。第一次手术时，X 医生切除了成团的小肠，把余下粘连的肠子分开，缝合连接。一周后，病人排气排便，各项指标正常并且办理了出院手续。出院一周后，病人腹胀再次入院。因为前不久刚开过刀，只能先进行保守治疗。但没过多久病人出现了严重的感染，迟迟不见好转，医生只好再次对其进行手术。手术中切开肚子后，发现病人的肠子再次梗阻。手术一共进行了 8 个小时，过程中粘连的肠子一碰就出血，完全没有办法分离。主刀的 X 医生还想努力挽救病人的生命，勉强把 70 厘米的小肠拉了出来，做了造口。最后，X 医生所做的这一切，却没能挽回病人的性命。

在讨论会上，瑞金医院普外科主任医师燕敏问 X 医生，在第一次手术时，留下的肠子他是否从头分到底。面对着技术性的询问，X 医生表示自己确定是分到底的。听到这，燕敏分享了一起自己多年前经历过并且一辈子也不会忘记的手术：他当时的病人是一位 43 岁的男性，没有手术病史，只是单纯的粘连性肠梗阻。他与另外一名医生将病人的肠子从头分到底，手术后 3 到 5 天，病人又发生了梗阻，一周之后肠梗阻到了不能缓解境况，最后搬出医院最资深的张圣道医师和尹浩然医师都无济于事。

复盘的结论是：X 医生第一次手术的指证是正确的，保守治疗没能取得效果迫不得已做了第二次手术肠切除。之后肠粘连并且再次出现梗阻，梗阻后又感染，在这样一种机体的状态下出现严重感染是不可逆的，X 医生的操作并无出现原则性问题。换句话说 X 医生两次手术的选择和时机，包括入院出院的判断都是正确的，只是两次肠梗阻间隔时间太短，没有给医生和病人太多的机会。

讨论会的全程，所涉及的所有医生都旁听出席了，他们希望听到专家对此次案例详细地剖析，好让自己在未来的从医过程中，有更多的应急知识储备。有问题不回避，能挽回的都全力挽回，这是每个医生的职责。出了问题，有家属投诉，医生的思想负担比任何人都要重。

X 医生没有医疗过错，但家属能不能理解，谁也不知道。2017 年 12 月 20 日，黄梁医生和病人家属一起在综合接待办公室碰面了。“我们也想有错误就承认错误，然后我们改进，该给家属什么补偿就什么补偿。但整个过程看了以后，我们从医疗规范来看，的确没有明显的错误。”黄梁向病人家属一点点地讲解病情和专家讨论的结果。家属们克制着自己的情绪，没有拍桌子，没有摔门，只是哭着听，努力理解着事情为什么最终来到了这样的境况。“医生，医术我是不懂的。你的意思就是说，我们是尽力了，她的运气不好，是不是这个意思?”病人家属克制着自己激动的心情，表达着自己对刚刚黄梁所说的话的理解。

“一个医生看到病人在自己面前走掉了，这种心情不做医生你们是体会不到的。病人的主刀医生他也想不通，他大概比我小 10 岁。他心情很复杂地问我，如果这是我的病人我会怎么处理？我换位思考，如果我是他的话，我也是这么做的。”黄梁从医 30 多年到现在，已经白发苍苍，这么多年走来，他越发体会到，医学在病魔面前显得十分苍白。

理解，太难了。但最终，家属和医生达成了和解，一起医疗纠纷避免了。

黄梁和家属谈完，把 X 医生叫到了办公室。“病人没有异议，因为谈得很清楚了。并发症跟病人的死亡是无法避免的。最重要的还是你要放下包袱，不要对我们这个行业彻底失去信心，做医生还是很光荣的。自己跌倒自己爬起来，我也是这样过来的。”一字一句，作为 X 医生的上司，黄梁在尽自己最大的能力，帮助 X 医生抛开这次心理负担。

X 医生没有把病人救回来，尽管没有人指责他，但他自己的心理负担依旧很大。两个多月后，他查出来得了甲状腺癌。他躺在自己最熟悉不过的病床上，发了一个朋友圈：“一直在做医生的角色，明天就换成病人了。一时之间，有些不大适应。”自己跌倒要自己爬起，在医院，医生都要这样安慰自己。

手术后不久，他又做回了医生。这一次的病人是胆总管结石伴梗阻性化脓性胆管炎。手术方案原本采用微创内镜去处理胆结石，但谁也没想到，X 医生又遇到了麻烦——尽管术前做了 CT，但手术中发现病人的胆管变异了。原计划的微创内镜手术方案被迫中止了。但如果就此放弃，不手术去解决梗阻，病人有休克甚至死亡的风险。手术室外，X 医生喊来了病人的儿子：“做进去之后发现你爸爸这个十二指肠有一个很大的憩室，然后憩室压迫之后这个胆管走形就变掉了，变掉之后再加上 CT 上已经看到结石顶在出口的地方。这种情况下我们反复尝试微创是没办法解决问题的，需要做开腹手术，你要是决定开刀，我们就不出来了，就直接准备手术了。”和病人的儿子沟通好后，X 医生立即准备开腹手术。但这一次，运气之神又和他开了个玩笑——病人肚子里又是粘连。

这一次，X 医生面临着巨大的挑战，他需要克服自己的心理障碍。胆道梗阻，胆囊也坏疽了。胆管炎的粘连和这次病人的情况根本不是一个类别的，是瓷化胆囊。“要么你把这层膜打开了之后再穿，要么先穿一下。”韩医生在 X 医生旁给着自己的建议。这一次手术，韩医生也来了，X 医生的心理负担好像一下子轻了很多。“韩医生来了，相对来说我胆气就足了，因为万一有什么并发症，有什么危急情况，他可以很好地跟我配合，我可以紧急处理。我们医生来说，还是要尽最大努力帮病人解决问题的。”虽然 X 只给我们一个背影，但是我们却感觉此刻的他，身板开阔了许多。

技术可教，刚毅难学，医生要成长，必须心甘情愿地长时间接受千锤百炼。这一次，X 医生经受住了考验。

“病房那样的场景，年轻的还敢做吗？”

——孙青芳（神经外科主任医师）

为了维护瑞金医院正常的医疗秩序，瑞金二路派出所在医院设立了执勤点。执勤点长年驻扎着两位警官，他们分别是朱耀明和陈建新。当两位警官一天内长时间地出现在医院的某个位置，往往意味着医院里有了冲突。比如说，有些病人或者病人家属进行投诉时，身边带着六七个穿着黑衣服戴着墨镜的“大哥”。比如说，医生准备给癫痫病人服用安定，家属认为医生要害人，一把把安定药品抢走。在警察搜身时，家属匆忙地跑掉了。再比如说，医院来了一个没有病的女人，非要医生开证明说她有病，不给开病假条就大哭大闹。等到警察来到之后，盘问一番才得知，凭请假条她可以在前单位领工资，而同时她又找了另一份工作。

最让人印象深刻的，还有这么一个案例：一名烧伤科的病人也是可怜，2014 年给人打工时，遭受电击受伤入院，后来成了植物人。从此，老板和家属都联系不上了，医药费也没人交。医院坚持给这名病人治疗了快 4 年，最终病人死亡。死后没多久，其家属过来领尸体，但拒绝支付 4 年来的医疗费。一开始，摄制组十分同情这家人的遭遇，并且善意地提醒他们，社会上有一些网络筹款的方式，也许能帮助他们走出现在的困境。

两天后，他们跪在医院门口，拉了条幅：还我儿子，还我丈夫。其中还有一个自称家属的人说，之前有个医生表示医院要赞助他们。医院医生询问了一番发现，原来他们误认为摄制组的人是医生，提到的网络筹款就是赞助他们。事后查证，这名自称家属的人是职业医闹。不仅如此，死者老板联系不上的原因，是因为已经给了这家人一大笔医药费，但是不知什么原因，这家人并没有把钱给医院，最后还找了医闹，希望赖掉医药费。

这样的事情多了，就会撕裂人与人之间最珍贵的东西——信任。

2018 年 6 月 18 日，端午节这一天。瑞金医院来了一群神情激动、拿着横幅的病人家属，他们占据了神经外科病房，医护人员只能退守到护士台后的工作间，继续为其他病人配药。这是摄制组在瑞金医院拍摄的第 100 例案例。面对着来维护的警察，病人家属不依不饶地说："你们采取强制措施，'110'把我们一个个铐走好了。到'110'那里去。"为了维持医疗秩序，警方对其进行劝离。但家属不听劝阻，最后还有人动了手。平日里井然有序的医院走廊，立马炸成了一锅粥，有那么一瞬间，摄制组感觉进入了"战争"区域。

据了解，家属来闹事是因为病人出了意外。病人患有一种罕见病——库欣综合征。库欣综合征（Cushing syndrome，CS）又称皮质醇增多症（hypercortisolism），是由于多种原因引起的肾上腺皮质长期分泌过多糖皮质激素所产生的临床症候群。由于分泌过多的糖皮质激素，病人全身代谢紊乱，如果不进行干预，病人在五年之内自然死亡率超过 50%。面对着情绪激动的家属，病人主刀医生孙青芳并没有选择逃避，而是希望和所有的家属，进行一次沟通。

孙青芳是这一次病人的主刀医生，为了让家属了解这个疾病，她让涉及这次手术的所有医生逐字逐句将库欣综合征的危害以及日常防护抄在 A4 纸上，交到病人家属的手上。病人手术后，激素水平下降，需要缓冲和适应的过程，因此术后管理非常重要。但这是一个相对长期的过程，病床有限，为了救更多的人，这类病人符合出院指征后，医生会安排他们去附近的分院进行术后观察和治疗。孙青芳为了让病人能够有床位，专门去卢湾分院兼任了一个主任，但并不因此多领一份工资。虽然穿着白大褂，我们依然能看到，孙青芳的手臂一个白，一个黑。那是因为去往卢湾分院有一段距离，孙青芳需要骑自行车过去，因此，有树荫遮挡的那一边手臂是白的，而没有树荫遮挡的那一边手臂是黑的。要形成这样一种鲜明的对比，孙青芳骑车往返的次数可想而知。

但此次来闹的家属并没有听从医生的意见去分院进行术后观察，出院后直接回家了，没想到病情发生变化，再抢救也来不及了。解释的过程又复杂又漫长，孙青芳已经心力交瘁，小声地对身边的医生说："给我喝口水，我真的很难过。"

每年，医院的医生都需要年轻的新鲜血液进行补给，这一次，给库欣综合征做手术的，也有一名年轻的医生，他站在综合接待办的门口看着这一切，一句话都没有说。"我希望大家给做库欣综合征的医生留好足够的空间，我们后面还需要有年轻人跟进，你们想想看病房那样的场景，我们的年轻人还敢做吗？这个是我们做库欣综合征的年轻医生，我们每天在鼓励他，大家再这样去弄，就没有医生敢做了！"孙青芳指着站在门口年轻的医生，嘶哑地说道。

家属们都听明白了，他们不闹了。一个瘦小的女医生，推心置腹的一番话，把他们劝退了。

"我希望和你成为永远的朋友。"

——某患者家属

瑞金医院 8 号楼是一幢别致的两层小洋房，建于 1921 年，具有法国文艺复兴特征。这幢楼有两名叫陈建钧和黄宗进的保安。但是病人并不关心这些，也不在意旁边的樱花开放得有多美。他们在意的是——这里是医院的行政楼，医院的领导在里面。很多病人以及家属要去这幢楼里找领导，他们大部分是来送锦旗的。这是中国人表达善意的特有方式——表扬一个人，最直接的方式是让他的上级部门知道。陈建钧和黄宗进每天都在阻拦这些人闯大门，否则医院的领导们每天收完锦旗，也到了下班时间。他们登记好家属和医生的名字，然后说会给领导看，这些人就将信将疑地把锦旗送回了病区。

有一天，一名病人不想按照预约时间拿病历单，赖在大门口的凳子上不肯走。在他熟练地拨打电话进行投诉的这段时间，三名送锦旗的病人依次出现了。事实证明，感谢医生的还是占大多数。他们怀着最朴素的情感，以各式各样的方式，感谢医生对他们的帮助——盘子、水晶杯、字画、手工等，赠送的礼物各式各样。“从来没有这么感动过。我不是讲假话，我跟我老公说，我的身心受到创伤，但是我的精神这次很满足，真的很满足。”一名病人对着镜头讲完这句话，一度哽咽。

负责任最苦，尽责任最乐。没有哪个职业能像医生这样，对这句话有切身的体会了。文章中第一个提到的赵卫国医生，去外地开会住酒店时，总会问酒店有没有游泳池。不知道的人，会以为瑞金医院的大教授讲究排场。但了解他的人都知道，他为了保持左右手协调，保持气息平稳，坚持游泳几十年了。赵卫国用几十年的自律，让手术的风险降到最低。但即便是这样，并发症的风险依然会存在。

心脏搭桥手术成功的沈平出院了，但瑞金医院输血科的人每天依然在“打鸡血”，忙于把有限的血液资源分配得更合理。沈平也许不知道，输血科的主管医生邹纬，为了他那一袋救命的血，付出了多少脑细胞。“不同的岗位，做不同的事。一切目的就是病人平平安安的。”邹纬说完这句话，要继续给自己“打鸡血”了。

“脸并不重要，关键是病人能好就好了”，从未露面的 X 医生，看到了摄制组送给他的画像之后如是说道。X 医生有一个女儿，影片播出之后，旁人又该如何去和她解释，她的爸爸没有做错事，可是上电视却不能露脸？其实，她的爸爸完全可以拒绝这次拍摄，因为这对他只有风险却没有好处。谁都想说一句：你的爸爸很勇敢。X 医生知道，X 医生不仅仅是他自己。他选择将他发生的这一切面向大众，是希望社会对医生面临的挑战和风险多一分理解。这样，会有更多的医生在奔赴救死扶伤的战场时，心无杂念。

在综合接待办流眼泪的程东峰医生，日常生活的劳累，让他的脸上写满了忧郁……

为了救治更多的病人，孙青芳医生依然走在瑞金医院和卢湾分院的林荫路上……

医生总是要面临千千万万个和死神奋力一搏的时候，有时候是胜利，有时候是徒劳。胜利时，病人以及家属高高兴兴走出医院大门，拥抱着新一天的阳光。徒劳时，医生接受着生离死别的残酷，又要思考着如何给失去亲人的家属们一个合理的解释。

如果想要安静地度过这个两难境地，利用好规则就能全身而退。但面对生命和死神的抉择时，医生往往会拼尽全力，不利用规则破坏自身的底线。但是，你却很难避免别人对你犯规，可真正热爱医学的人，不会因此丧失热情，也不会利用规则、知识，保护自己，放弃病人。

“医患本身就是朋友，对吧！”程东峰医生对病人家属说道，从医生口中听到这样一句话，病人家属好似被鼓舞一样，“我希望和你做永远的朋友！”很短的一句话，但却是中国现如今医患关系最真切的期盼。

我国医疗纠纷主要的处理法规经历了三个重大的阶段：1987 年 6 月 29 日国务院发布《医疗事故处理办法》，当时医疗事故分为责任事故和技术事故，医疗事故的赔偿还是限额制的。2002 年 9 月 1 日国务院颁布《医疗事故处理条例》取代了《医疗事故处理办法》，医疗事故处理是二元化标准。2010 年 10 月 1 日全国人大《侵权责任法》统一了案由和赔偿标准的二元化，但对于鉴定二元化并没有统一。

为加大医疗纠纷的预防力度，2015 年 1 月卫计委报送《医疗纠纷预防与处理条例（送审稿）》，向社会公开征求意见。2018 年 6 月 20 日国务院常委会通过《医疗纠纷预防与处理条例（草案）》，2018 年 7 月 31 日国务院公布《医疗纠纷预防与处理条例》，于 10 月 1 日正式实施。

医患之间是相互依存的关系，医生因病人而生存，医学因疾病而发展，病人生病要靠医生救治才能摆脱病魔，医患关系本应是社会上最和谐的人际关系。要从社会、医学、媒体、医患双方的沟通交流等多方面的完善提高，来逐步缓解紧张的医患关系，最终医患关系才能趋于和谐。

瑞金医院 8 号楼门前的樱花落下朵朵花瓣，这些花瓣被人们踩在脚下，却把香气留在整个医院，这就是宽容。

瑞金医院 8 号楼旁的樱花树

团圆

2015年，有2766名中国人在生命终结时捐献出了自己的器官。在每一个捐献案例的背后，都有着一个悲伤的故事，但因为他们所承受的痛苦，让更多人重新获得了生命、获得了光明、获得了生的希望。

人间世

器官移植，指通过手术的方法将器官捐献者的器官植入器官接收者的体内，以替代接收者原本已经功能衰竭的器官。这是一种被称为“现代医学之巅”的伟大技术。

在中国，针对器官移植的尝试始于 20 世纪六七十年代。20 世纪八九十年代，随着一批青年学者从海外学成归国，加上设备、药品和技术的改善，器官移植技术在中国日趋成熟。

对器官移植手术而言，器官捐献者是必不可缺的。而供体的欠缺可以说是全世界器官移植界共同面临的普遍问题。尤其在思想较为传统、保守的中国，自愿捐献器官的人数比例在世界排名靠后。

2007 年，国务院颁布《人体器官移植条例》，中国器官移植事业开始走上法制化的轨道；

2010 年，原卫生部启动公民逝世后自愿器官捐献工作试点，成立人体器官捐献工作委员会（CODC）；

2013 年，卫计委出台器官捐献的部门法规《人体捐献器官获取与分配管理规定》，完善建立器官获取组织（OPO）和人体器官捐献协调员（Coordinator）队伍；

2014 年，中国医院协会人体器官获取组织联盟（中国医院协会 OPO 联盟）成立；

2014 年，中国人体器官捐献与移植委员会主任委员黄洁夫向世界医学界宣布，从 2015 年 1 月 1 日起，中国将全面停止使用死囚器官作为移植供体来源，公民逝世后自愿捐献器官将成为器官移植供体来源的唯一渠道。

这一年，有 2766 名中国人在生命终结时捐献出了自己的器官。在每一个捐献案例的背后，都有着一个悲伤的故事，但因为他们所承受的痛苦，让更多人重新获得了生命、获得了光明、获得了生的希望。

“今夜月明人尽望，不知秋思落谁家。”器官捐献者，用自己的生命成全了他人，使得另一个身处绝境的家庭终获团圆。

躺在病床上的患者名叫徐国洪，送到瑞金医院的时候，他脸上的肤色已经严重黯淡发黑，偏近于栗色，衰弱与绝望早已侵袭了他的全身，即便目测都可以判断，他的肝硬化程度已经到了晚期。

病床边，穿着隔离服、戴着口罩和隔离帽正在照顾徐国洪的，是他的妻子成林美。在丈夫面前，她总是不断地鼓励着：“别担心，拿出自信来，多吃点身体就会好的……”只有在病房外，她才敢表露出脆弱的一面：“记得那天，他对我说，老婆啊，我这个病发展到最后就是要肝移植了……我听了之后泪水都要掉下来了。我一个人就想，这可要怎么办呢……”

徐国洪的判断是正确的。黄疸指数是肝胆类疾病的重要参照指标，它反映了人体代谢废物累积浓度的高低。正常人的黄疸指数小于 17，而徐国洪的黄疸指数已经到了 700，超标 40 多倍。对他而言，如果不马上进行肝移植，生命便即将走到终点。

“哪里有肝源，我就到哪里去救我老公！”成林美坚决地说。

然而，对于需要肝移植的患者而言，匹配到适合自己的肝源，不仅需要付出时间、金钱、精力的代价，更需要许多运气。正如瑞金医院肝移植中心祝哲诚医生所说：“每年都有这样的情况，直到去世都没能匹配到适合的肝源，真是挺可惜的。可是我们也没有办法啊，没有器官来源，又没有其他治疗手段，解决不了。”

为了匹配到适合的肝源，徐国洪的亲人在好多医院都排队登记，希望能够有好运降临。可时间一天天过去，合适的肝源却始终没有出现。眼看徐国洪的身体一天不如一天，不知道什么时候就会撑不下去，家人们开始考虑另一种救命的可能性——亲属间的部分肝脏移植。

最初是妻子，但经过检查，她的肝脏无法与徐国洪匹配；接着是儿子，同样不符合移植的要求；最后，徐国洪最小的弟弟站了出来，他决定捐出自己一部分的肝脏，救哥哥的性命。

经过一系列的体检，徐国洪的小弟具备捐肝的条件。在征得他的妻子的同意后，他立刻来到瑞金医院，办理了住院手续，并且做好了所有的术前准备。而就在他将做手术的二维码标签套上手腕，准备进手术室的时候，戏剧性的一幕发生了——适合徐国洪的肝源匹配到了！

2015 年 9 月 9 日 19 时 30 分，瑞金医院手术间里一片肃静，除了医疗设备发出的“滴滴”声，什么声音都没有。一场特殊的默哀仪式正在这里进行。

“感谢他为拯救他人，以及为我国器官捐献事业所做出的巨大贡献。现在，默哀开始。”仪式主持人是瑞金医院医务处的器官捐献协调员杨颖。在她的带领下，所有医生、护士、工作人员神情肃穆地面对手术台排成一排，向手术台上刚刚逝去的病患献上深深的哀思与崇高的敬意。

躺在手术台上的逝者是一位 50 岁的上海人，脑死亡。在确定无法挽回生命后。他的父母忍住丧子剧痛，决定捐献出儿子身体里所有可用的器官。他的血型是 O 型血，通过 COTRS 系统匹配到徐国洪。就这样，徐国洪幸运地获得了救命的肝脏。

按照国际惯例，器官捐献实行双盲制度。也就是说，捐献者家属并不知道捐出的器官给了谁，受捐者也不知道谁给了自己器官。这样的做法，一是为了减轻双方的精神压力，特别当捐献者或受捐者其中一方是社会名人时，来自舆论的压力势必无法避免；二是抑制人性之恶，防止捐献者家属向受捐者索取钱财等现象发生。

因此，无论在镜头里还是在文字中，我们都无法说出捐献者的名字，徐国洪的妻子成林美更是无从得知究竟是谁救了自己的丈夫。她无法向对方道出心中无尽的感激，只能对着医生、记者和镜头表达自己的谢意。

唯一能够和双方接触的，只有器官捐献协调员杨颖，她是捐献者和受捐者之间的桥梁。她见证了捐献方作出决定的那一刻，更感受到了那一刻他们心中的艰难与苦涩。

作出捐献决定的是80多岁的父母。从儿子患病到接受治疗，最终因为治疗无效而病逝，两位老人经历了一条极其艰难的心路历程。在填写器官捐献的申请书时，老人在之上划了又改、改了又划，这些涂涂改改的字里行间，是两位老人想写给家里其他人的心里话。最终，在老人女儿的指导下，他们只是简单地写了一句：愿意捐献儿子身后的有用器官。

与此同时，老人又向杨颖表达了，希望器官捐献能尽早进行的心愿。他们担心，从下定决心到手术执行的这段时间里，家族中会有不一样的声音出现，干扰到这个善举。毕竟在中国，不能够理解、支持器官捐献的人，仍然不在少数。

除了肝脏，捐献者还捐出了两个肾脏。根据COTRS系统匹配结果，瑞金医院紧急通知了另外两位肾脏病人。他们也将成为这次器官捐献的受益者。

一位受捐者叫孙兴生，上海人，60岁，双肾功能衰竭，接受腹膜透析10年。当他接到瑞金医院的电话时，难言内心激动的心情，在第一时间便赶到了医院办理手续。

在这之前，孙兴生和他的家人并没有对肾脏移植有太多的期待。因为年龄的关系，他们认为年过花甲的孙兴生或许已经很难等到肾源了。“现在供体基本上是救年轻人的，我们也理解。所以我们已经有这个思想了，每天给他过好一点，活一天好一天，就这个想法。”孙兴生的爱人陆建群如是说道。

然而，即便如此，当肾源出现在面前的时候，他们依然难掩心中的感动与激动。妻子脸上强忍着眼泪的表情告诉我们，无关乎年龄，每个人都有着同样强烈的生的渴望。

另一位受捐者叫张建勇，南通人，48 岁，尿毒症患者，接受血液透析 5 年。接到电话的他同样是激动万分，家人立刻开车从南通赶到上海做手术。

张建勇是家中的顶梁柱，他的双亲健在，仍然需要他来照顾；他的子女双全，仍然需要他来养育。五年前，当他被确诊患有尿毒症时，全家都因这个噩耗而抱头痛哭。今天，当他们看到生的曙光时，眼泪再次夺眶而出。

手术前的家属谈话，两个家庭几乎是同时进行的。面对医生，亲属们难掩激动，在他们看来，虽然面对的是生死攸关的手术，但这也是巨大的机会和希望，等于是上天赐予的第二条生命。医生对两家人说了同样的话："大家一块儿努力！"继而收到了两家人同时的感谢。这样的场景或许只有在器官移植手术中才会看到。

徐国洪、孙兴生、张建勇，这三条性命原本已经迈向了鬼门关。捐献者的善意，点燃了他们最后的生存意志。

目光重新回到手术室内。默哀过后，医生们立刻忙碌了起来。首先，他们要根据器官捐献者或其家属的捐献意愿将器官捐献者体内的器官摘除，这是移植手术的第一步。虽然逝者大脑已经死亡，但身体器官仍在工作。医生对他进行了最后的麻醉，紧接着着手摘除体内器官。

渐渐，血压仪上的红线变成了一道直线，捐献者的肚子一点点瘪了下去：他把自己身体里的肝脏、肾脏捐献了。医务人员小心翼翼地缝合好伤口，擦拭好身体，为他换上新的衣服和鞋。当病床缓缓推出了手术室的时候，所有人自发站成了两排，深深鞠躬，向遗体做最后的告别。

肝脏放入冷藏箱，送去徐国洪所在的手术室。

肾脏经过修剪放入冷藏箱，分别送去孙兴生、张建勇所在的手术室。

接下来，对于三台受体手术的主刀医生来说，真正的挑战现在才刚刚开始。

周佩军、王祥彗是两台肾脏移植手术的主刀医生。护士将右肾交给周佩军，放入孙兴生的身体；王祥彗则取走左肾，它将成为张建勇身体中的一部分。手术过程中，血管、输尿管等接口，必须和病人的接口吻合，医生的每一刀，都不可能重来。

两个多小时的手术，病人等待多年的肾脏终于装上了。这时，医生脸上的表情却依然没有放松。又过了一阵子，医生的脸上终于露出了轻松的笑容。“这是最珍贵的东西，在下面。”医生冲着摄像机，指了指床下说道，“有了这个东西，就是对医生最大的奖励，没白干！”

医生觉得最珍贵的东西，是挂在手术床侧后方的尿袋子。浅红色的液体从病人体内流入这个尿袋子——这是血水和尿水混在一起呈现出的颜色。袋子里有尿了，意味着病人的排尿功能恢复了，也就是说手术成功了。

周佩军医生捧着病人的尿袋子仔细观察。“来来，给个特写吧！”周医生对记者说到，“这个速度还可以。这个是关键，看到有小便，我们也就放心了。晚上能睡着了。”医生的这些举动，病人看不到；这些话语，病人也听不到。

过了 20 分钟，两个病人陆续醒了过来。因为麻醉的关系，张建勇的意识还有些模糊。睁开眼第一句话：“换了没换？”显然他没有想到，仅仅眼睛一闭、一睁的工夫，自己就重新获得了生命。

肝脏移植的徐国洪一家还在焦急等待着。

肝脏是消化系统的中枢器官，通过胆管连接胆囊，内部血管不计其数，稍有不慎就容易造成大出血，因此手术风险极大。不仅如此，长年患病使得病人的身体机能遭到了严重的破坏，这也使手术难度成倍增加。

“高黄疸、凝血功能差、血小板极度低下，他的血小板数量是我们正常人的十分之一。手术的难度就比较大，手术过程中渗血等就要花更多的时间来处理。”参与手术的普外科医生谢俊杰如是说。

费了很大的功夫，徐国洪的肝脏终于被切除，病肝又黑又硬。直到凌晨 1 时 34 分，新的肝脏缝合才算结束。医生们长出了一口气，他们终于可以伸一伸腰、放松一下了。

091

经历了长时间的手术，每一名医护人员的体力都已经透支。尽管在手术中途他们并不会觉得累，一旦手术结束，所有的疲劳瞬时涌向放松下来的身体，这时才能体会到这份工作有多辛苦。

“当你问起的时候，我才想起来，确实很辛苦。可是怎么办呢。我的孩子今年九岁了。孩子说，我的工作太辛苦，所以说长大绝对不会做我的工作。但是过了一段时间他又变了。他说，妈妈我还是做医生吧。这样我就可以帮你做掉点事情，你就可以稍微早一点回来，不会那么累了。那一瞬间，一个医生，一个母亲，百感交集。”手术结束后，麻醉医生罗艳说。

徐国洪被推出了手术室。妻子反复呼唤着丈夫的名字——尽管她很清楚，处于麻醉状态的徐国洪无法给她任何回应，但她依然本能地用这种方式表达着对丈夫的关心。他的弟弟始终双手合十，感谢上天。家人们心中的石头终于落下来了。但对医生来说，万里长征刚刚走完第一步。接下来他们还要为病人寻找一条最合适的道路，帮助他克服术后恢复的艰难，尽快康复。

此时，所有接受移植的病人和家属并不知道，在瑞金医院外科大楼侧面电梯的角落里，器官捐献者的家属也没有离开，他们等候着捐献者离开手术室，要陪他走完最后的一程。根据器官捐献双盲的规定，拍摄了器官移植的一方，就必须对器官捐献的另一方严格保密。今夜，记者们无法去聆听他们的倾诉，他们的艰难和痛苦，只能隐藏在镜头之外。

夜色中，捐献者家属们离去的背影越来越远、渐渐模糊；医院内，三例器官移植手术的病人家属仍然沉浸在这突如其来的幸福之中。当然，他们绝没有忘记，为他们带来幸福的这家善心的人家。

接受肾脏移植的病人的亲属说：“还好今天碰到好心人，不然的话又不知道要等多久，这个人真伟大，真的！”

面对镜头，孙兴生的儿子更是深深地鞠了一躬：“我想借电视台对家属表示感谢，鞠个躬。谢谢你们救我爸爸，谢谢了！”

徐国洪的妻子说:“谁救了我家丈夫的命我也不知道,真的十分感谢他。祝福两个老人一生平安,谢谢他们全家!”

器官协调员杨颖说:“在我的工作经历中,这是唯一一例主动来找我们,表示愿意捐献的。两位老人都没有提出关于器官捐献补助,什么都没有提。作为一个器官协调员,这让我感到无比的有信心。”

故事还在继续。

2015 年 11 月 2 日,华山医院外科大楼。焦芳芳蹲在大厅过道的角落里,失声痛哭,悲痛欲绝。她的弟弟焦俞因为脑肿瘤,10 月 25 日从四川紧急转往到了华山医院神经外科,不到一周的时间,焦俞病情急转直下,刚刚被确诊为脑死亡。全家人忍住悲痛,决定把焦俞能用的器官全部捐掉。

面对采访的镜头,焦芳芳依然无法止住泉涌般的泪水。记者秦博心里清楚,在这个时候让她面对镜头回忆痛苦的经历,有一些残忍。但是为了让更多的人了解器官捐献事业,不得不这样做。记者半蹲着,很忐忑地向焦芳芳道歉,解释。谁知道,焦芳芳竟然同意了采访。她边哭边说:“弟弟的病逝,让我们这个家庭承受了太多的痛苦。我们不让别的家庭再遭受和我们一样的打击。如果他身上还有能用的器官,我们都愿意捐出来。”

稍稍安抚了她的情绪,记者与焦俞的家属们一同走进了办理器官捐献手续的办公室。在那里,医生已经准备好了需要签署的相关表格和文件。

焦俞的父亲王述成和妻子焦兰珍正在与医生交谈。“我们跟女儿、女婿四个人合计了一下,他们也表示同意捐献。只不过,我这个家族是个大家族,上面还有一个 90 岁的爷爷,他要是知道了,肯定……”说到一半,王述成再度哽咽,说不出话来。妻子见状,一边轻抚丈夫的后背,一边安慰说:“老公,不要哭,真的不要哭……”可没说两句,她的眼泪也落了下来。

王述成早年在高原当兵,常年在外无法照顾家庭,两个孩子都是外公带大的。因为孩子和外公亲,所以都随了外公的姓,外公也改口喊成了爷爷。今天的决定，王述成不敢和老人说，他害怕老人承受不了。但他知道，现在家里面必须要有一个人能拿主意。

稍稍整理了情绪，王述成继续说道："所以说，这事我们决定主观一点，一定要搞下去，但不敢让他爷爷知道。我们把这个气一口咽下算了，省得他们再痛苦。今天我们既然作了这个抉择，我们就不会后悔。"

亲属们统一了意见，医生便开始确认具体的捐献事宜。"爸爸妈妈现在的意思是，焦俞身上凡是能够救人的器官、能够利用的器官，都愿意捐献，是吗？"医生问道。

"是的，都愿意捐！"焦妈妈果决地回答。

"那么焦俞的名字愿不愿意公开在器官捐献者纪念碑上呢？"

"我觉得应该公开"焦妈妈回答，紧接着她又对记者说，"我们这么做，不是为了在媒体上怎么样，绝对没有。我们家的痛苦我们已经承受了，但是我们希望其他那些病员的家庭能够幸福，不要像我们家一样。"

"这是一个残酷的选择。但把器官捐了，总比他火化后剩下一桶灰要好得多。"王述成补充道。

不得不说，在中国，有着王述成一家这样想法的人，不是没有，但真的不多。

就这样，家人在器官捐献申请表上签上了名字，完成了最后的手续。

人体器官获取组织简称 OPO，它是由移植外科医生、神经科医生、重症医学医生及护士等医务人员组成的。张明是华山医院 OPO 的秘书长，他没有时间去安慰家属。捐献者焦俞可以捐献肝脏、心脏、肺、2 个眼角膜和 2 个肾脏，最多可以救到 7 个人。他必须争分夺秒，在最短的时间完成所有捐献手续，找到 7 个接受捐献的患者。

这是一趟与时间赛跑的竞赛。时间拖得越长，器官的损害就越大。七个器官的摘除和移植不可能同时进行，为了救治后面的病人，就必须保证器官质量。

此时，张明的手机比热线电话还要忙碌。

“我知道，好，我知道了。我压力比你还大，就这样。”张明不耐烦地挂断了电话，长舒一口气，转身无奈地对记者说：“是我们肝移植的外科医生，脾气真急，给我打了不下十几个电话，都是一些鸡毛蒜皮的事情。”此时的张明需要兼顾太多的头绪，而各科室的移植医生又迫切希望了解最详细的信息，这样的“交锋”早已是见怪不怪的常态了。

为了抢时间，很多工作开始同步进行，器官捐献协调员迅速联系了院内和院外的四名专家，再次对焦俞进行了死亡鉴定。因为社会上对脑死亡这一类型的死亡判定还没有普遍接受，所以在确定脑死亡后，医院不得不对捐献者家属做一件对他们来说特别残酷的事：要求家属签字确认——放弃治疗，虽然脑死亡之后的治疗无法再挽回生命。这往往是目前器官捐献环节中最为揪心的一刻。

放弃治疗这四个字，王述成写不下去。他刚刚在确认书上写上“放弃”两字，笔就停了下来。

“你不写放弃治疗，没办法进行后面的复核。这就是它的程序。”焦俞的主治医生庄医生在一旁解释。

“我要是签了放弃治疗，万一在抢救的过程中有生机，我这个当父亲的实在是于心不忍啊……”尽管专家已经再三确认了焦俞的脑死亡，但王述成依然无法完整写下“放弃治疗”这几个字。

这时候，反倒是一直激动的母亲平静了下来。她不断地劝说丈夫下定决心：“王述成，医生都说到这个份了，我觉得该签就签吧。”

终于，在妻子的鼓励下，王述成艰难地在“放弃”后面写下了“治疗”二字，随即，快步离开了这间令他无比悲伤的办公室。

见到丈夫离开了，焦妈妈心中强忍多日的悲痛终于爆发了出来，继而，便是一场嚎啕大哭。“我儿子得了这个病，我都不敢哭，我怕他（王述成）知道难受。我今天是第一次哭。儿子啊，我心里好难受啊！”

王述成艰难地在确认书上写下了“放弃治疗”四个字

见状，器官获取组织协调员李娟和吉丽赶忙上前安慰。白发人送黑发人，还是家中唯一的儿子，其间的悲痛，即便是看惯人间生死的医生也难以不为之动容。“就差要陪他们哭了。”李娟说，“他们的儿子年纪那么轻，才24岁，人生最好的时候刚刚开始……最难受的时候就是签字签好的时候了……”

很快，焦俞的器官信息就被录入到了中国人体器官分配与共享计算机系统，系统根据捐献者的器官情况，以及病人等待时间和病情的轻重缓急自动分配。接下来，张明需要按照分配结果，按照顺序与等待器官移植的病人进行联系。

张明给排在第一位的患者打了电话。他等待肾脏移植，已经等了整整1404天。“你好，这里是上海华山医院OPO，我们今天有一个O型血可供移植的肾脏匹配到你，你明天早上8点前能不能赶到上海来做手术？”

“明天……赶不到”患者的回答令张明有些意外。

“你明天肯定没有办法赶到是吗？今天晚上获取的器官不可能存放超过 24 小时的。你等待移植已经等了很长时间了，你再考虑一下吧，不能来就等于是放弃这次机会了。”张明尽可能地劝说患者不要放弃这次宝贵的机会。

“明天肯定赶不到……”尽管隔着电话，张明依然能明显感受到对方心中的无奈。但他完全没有闲暇去体会对方的感受，他必须赶紧给排在第二位的患者打电话，他也已经等待了 807 天。

第二位患者在电话中果断表示，明天 8 点前一定能赶到华山医院。电话那头的声音有些发抖，从那一声声的“谢谢”中，听得出她当时的心情有多激动。张明简要地嘱咐了一些明天的注意事项，便挂断了电话，继续寻找下一个受捐者。

就这样，焦俞的两个眼角膜、一个肝脏、一个肺脏陆陆续续都找到了成功配型的病人。七个器官中，只剩下心脏暂时还没有找到匹配的已知对象。张明的检索范围越来越大，终于，在千里之外的北京阜外医院发现了 5 名急需心脏移植的 O 型血病人。

但是，心脏离开人体储存的时间不能超过 4 个小时。也就是说，心脏从上海取出，到送北京的手术台，不能超过 4 个小时。阜外医院的医生即便现在出发，赶到上海华山医院也得晚上 10 点，取下心脏后，未必能有晚上的航班立刻返回。没有返程航班，医生只好放弃。

“通常情况下，器官移植的医生只能搭乘民用航空，但民用航空的话，就一定有限制。这里有供体、那里有受体，但因为交通的原因，手术就是做不了，真的很可惜。”张明无奈地向记者说道。

很多时候，看似在医疗领域遇到的困难，却不是靠医疗系统内的力量能够解决的。治病救人，不仅需要医生与患者的共同努力，更需要社会方方面面的关心与支持。

最终，7 个器官成功配型 6 个，可以拯救四条人命，让两个人重见光明。焦俞是华山医院启动器官捐献以来，捐献脏器最多的器官捐献者。

焦俞的器官摘除手术马上就要开始了。护士们来到病房，摘除了呼吸机，准备把他推去手术室。已经脑死亡的焦俞不能自主呼吸，护士必须一边推床，一边不断用手挤压简易的呼吸装置，控制氧饱和度，也就是血液里的含氧量，一旦松手，缺氧的器官就会损坏。

就在这时，俞焦的心率突然出现了异常。

时间就是生命，护士们竭尽全力、加快前进的速度。找寻人手帮忙推车；快速拨开身前的障碍物；打电话提前联系电梯；这边的电梯满了，赶忙寻找另一边的电梯……一阵忙碌，终于将焦俞推进了手术室。

手术开始之前，还有一件事。

焦俞的父母要向儿子告别。

“儿子，爸爸妈妈跟你告别了。本来这次来上海也是给你做手术。现在你自己的手术没有做成，没有把你的病治好，但反过来要把你身上有用的器官捐献给其他的病友。这也是爸爸妈妈作出的选择，并没有征求儿子你的意见，请你原谅爸爸妈妈……别怪老爸残忍啊……你没有给我们养老送终，反过来是爸爸送你了……”父亲最后的告白令在场的每一个人都为之动容。

在双亲的抽泣声中，默哀仪式开始了。手术室里的时间仿佛凝固了一般。王述成缓缓伸出右手，轻轻抚摸着儿子的额头。此刻，他只能用这样的动作最后一次表达一名父亲对孩子的爱与内疚。默哀结束，医护人员集体向焦俞三鞠躬，随即引导亲人离开手术室。

“小子，一路走好啊!”王述成强打起精神，对儿子说了最后一句话。而另一旁，母亲早已哭成了一个泪人。

两台肾脏移植手术，两台眼角膜移植手术，一台肺脏移植手术，一台肝移植手术，经过 40 多名医生连夜的奋战，全部获得了成功。焦俞的生命就像一朵

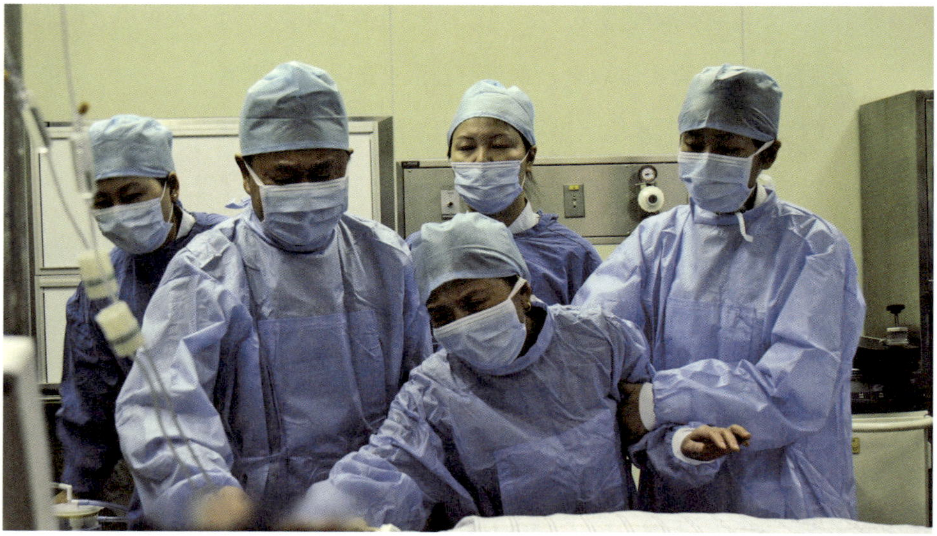

王述成、焦兰珍忍痛做出捐出儿子身上所有器官的决定，然后来到手术室，和儿子做了最后的道别

娇艳脆弱的花朵，尽管在最美丽的年华枯萎，却将花蕊中的种子洒向天空，在其他的花圃中再度绽放。对于王述成和焦兰珍而言，这或许是最好的安慰。

我国每年有大量患者等待器官进行移植手术，但公民逝世后，器官捐献率较低。然而，这就是当下器官移植的现状。比起把有用的器官捐献给别人，救活更多人的生命，家属更希望留下亲人完整的尸体，这是几千年来中国人根深蒂固的思想传统，想要用现代社会的意识去改变这种传统思想，需要过程。

目光再次回到瑞金医院器官移植中心监护室，移植了右肾的孙兴生和移植了左肾的张建勇被安排在同一个病房，就这样一左一右地躺着，一天天好起来。

“没想到，一下子我就恢复了，跟正常人一样了。我有了新的生命啊！”谈起这次手术，张建勇眼泪汪汪，感动不已。

“我很激动，真的很激动”年纪更长一些的孙兴生不善言辞，只能用简单的词汇和动作反复表达自己的心情。面对镜头，他伸出手指，比出了一个胜利的手势。

对于病人这样的感动与激动，周佩军医生早已经习以为常。“肾脏病人等待的时间都长，等的时间越长，康复时就越激动。缺乏肾源全世界都是难题。现在中国急性肾病、肾功能衰弱的发病率越来越高，我们这里等待移植的病人还有两三百个，一年却只能做几十例手术。每年都是‘欠账’的。”

肝移植病人徐国洪还没有醒来。

妻子成林美每天都会鼓励昏迷中的徐国洪：“老公，你一定要活下去，我无论如何也要救你的命。你等了那么长时间，好不容易等到了一个配你的好肝源，这就是老天来帮助你的。这里有那么多人支持你，你一定能把病看好，勇敢地站起来的！”。

晚上 10 点，医院的探视时间早就过了，成林美却仍旧守在监护室的门口。“我在家吃过饭，心里记挂他。虽然在这里也看不到他人，反正在家也睡不着觉，就想在病房外面坐坐。”患难见真情，妻子的坚持是徐国洪战胜病魔最大的动力。

9 月 22 日下午，徐国洪终于醒了。睁开眼的瞬间，看见自己身边的妻子，想着自己终于逃过了鬼门关，徐国洪百感交集、感慨万千，眼泪一下子就流了出来。妻子赶紧抓住他的手，拿出手绢帮他擦去眼泪。“这条命真是捡回来的。别激动，这是一个缘分，我们的福分到了，对不对，以后会越来越好的……”

摄像机幸运地捕捉到了徐国洪苏醒后，对妻子说的第一句话。“还有钱没？”

“钱方面一点也不用担心，知不知道。你不要觉得没有钱了，没有钱怎么办，一点都不用担心的。人家说，人在钱在。你早点出院早点回家，家里也早点好起来啊。”即便是身旁的护工，都被成林美的暖心安慰感动了。他们对徐国洪说：“还是老婆好啊，给老婆赞一个！”

徐国洪顾不得身体的衰弱，艰难地伸出左手，向妻子伸出了大拇指。或许在今后，这对夫妻还将面临许许多多的困难与考验，但起码在此刻，在病房里，所有人都被患难夫妻的真情打动了。

谁说夫妻本是同林鸟，久病床前无孝子？真爱与亲情，经得起任何磨难的考验。

华山医院作为器官获取组织，对接多家医院。这天夜里，张明接到一个电话，随即，他立刻召集 OPO 小组结集，让大家紧急出发前往浦东医院。那里有一位患者愿意器官捐献，这是浦东医院上报的第一例。

晚上 10 点，张明和同事们抵达浦东医院，在那里等着大家的，是华山医院的器官协调员蔡国玮。见到“战友”前来增援，蔡国玮可算松了一口气。从下午两点半到现在，她一直在与家属进行沟通。

“一开始他们拿我当什么你们知道吗？把我当非法组织！跟我说，要是捐了，你们华山医院拿这器官，不知道赚多少钞票呢！我说不是这个样子的！唉，就我一个人啊，吓死我了……”整整 10 个小时，满肚子的心酸、吐不完的苦水，可算有人能听她倾诉了。

“家属比较看重什么？”同事向她了解情况，帮她出谋划策。

“他们还是比较想献爱心，但就是想低调，不让人知道。就是不太想张扬。”

捐献者奉献了两个肾脏一个肝脏，救了 3 条人命。但捐献者家属不愿意面对镜头，也不愿意将捐献者的名字刻在红十字会的纪念碑上。他们明明做了一件好事，却带着歉意说：对不起，人言可畏。

这样的情况，在张明的工作经历中并不罕见。“实际上，器官捐献是一件很好的事情，应该宣传的事情。但是社会上就是有很多无恶意的闲人，他就会讲这个事情。所以捐献者的压力很大，不愿意被外界知道。”

这是器官捐献所面临的又一个困境。古老的社会传统不仅让人“不愿捐”，还会形成负面舆论让人“不敢捐”。明明是做了一件好事，却像是犯了错误一样。缺乏社会的广泛认同与普遍尊重，器官捐献事业同样举步维艰。

张明的电话又响了。这次是来自华山医院 OPO 群里的消息：华山医院神经外科病房一个 18 岁的男性患者脑死亡。张明立即通知器官捐献协调员，希望能够做通患者家属的思想工作。

办公室里，主治医生与协调员正在安抚丧子的父母。“作为医生，我们肯定想要把他救活。但是很遗憾，我们没有成功。在救不了的情况下，我们才会去想，用他的器官去救别的人家。”

患者的母亲听了，表示愿意考虑一下，这令器官协调员感到十分欣慰。“你能听我们把话说完，我们已经很感激了。毕竟这个是做好事。”

然而，其他家属对于捐献仍然有少许分歧。患者的表兄提出的诉求是，希望能够联系获赠器官的病人。然而，这个在他看来理所当然的要求，被医生和协调员果断拒绝了：“我们可以给你们转达书信。但见面，不可能，这个必须是双盲的。”

家属不能理解：“我们考虑的是，我们把器官捐给了他，这样我们不就是亲人了吗？不就是朋友了吗？为什么不能见面呢？我们希望能把对方当作我们的亲人啊！”

这样的想法，在很多器官捐献者家属心中普遍存在。在他们看来，器官捐献让两个完全没有血缘的家庭成为了“血肉至亲”。联系既是为了增进彼此的情谊，更能从获赠者身上找到对逝去的亲人的精神寄托。

然而，尽管有些不近人情，器官捐献的“双盲原则”却是医学伦理中的基本原则，它帮助捐献者与获赠者规避了许多手术后的麻烦与困扰。

2015 年，著名歌手姚贝娜因癌症复发不幸逝世，她将自己的眼角膜捐给了两位年轻人。然而，由于有关方面未能严格执行捐献的双盲原则，受赠者的信息遭到媒体曝光。顿时，两位年轻人陷入了巨大的舆论漩涡，在精神上承担了巨大的压力。

谈话进行了整整4个小时，家属还是没能达成一致意见。看着刚刚经历丧子之痛的老人越来越纠结，患者的姐夫站出来终止了这场谈话："今天的商谈就到此为止吧。回去我们再问问父母的意见，到时再作决定。"

器官捐献需要在短时间内作出决定，因为从大脑死亡到脏器丧失机能，这之间不会留给医生多少时间。但对于捐献者的父母来说，作出捐献的决定是艰难的，毕竟他们刚刚经历了丧子之痛。"再等等吧，看看家属到底是怎么想的。"器官协调员贾波这样说。

"我觉得不行了。"器官协调员蔡国玮更清楚患者的实际情况，"昨天血压就已经下来了，能够等到今天已经很不容易了，他的脑电图已经一条线了，等不到明天了。"她的看法虽然悲观，却更加接近现实。

"无论行不行，人家能作这个决定，都不容易的。"器官协调员李娟的发言得到了大家的一致认同。在如今的社会环境下，能够有这样一份心意，已经难能可贵了。

现实总是残酷的。当天晚上，病人出现了心脏停跳。经过医学评估，器官已经不再符合捐献的条件。第二天一早，家属打来了电话，同意捐献——想必他们也是经过了一夜艰难而痛苦的考量吧。

这次器官捐献的失败，或许是运气不好所致。但这样的偶然一再发生，便也成了必然。"中国的传统文化都不希望捐献器官，都希望有一个全尸。但是这个'全'也是相对的。通过埋葬的方式或是其他的方式，还有什么'全'可言呢？这只是精神上的全。既然是精神上的全，那以捐献的形式帮助别人不是更有意义吗？月还有阴晴圆缺，你怎么让你的'月亮'发挥它的作用呢？"浦东医院神经外科主任任力说。

对于瑞金医院的三个移植病人来说，刚刚恢复到可以进食的程度，他们就迎来了中国人特殊的节日——中秋节。无论经历了什么，中国人在这一天总要团聚在餐桌的周围。

三个获得新生的家庭，妻子们从早上就开始了一天的忙碌。买菜，下厨，精心准备着这一天的饭菜。因为病人还不能离开医院，他们就把丰盛的饭菜装进餐盒，带到医院给丈夫吃。

病房里，接受了肾脏移植的两个病人正在细细品尝妻子的拿手好菜，细细体味“生”所带来的幸福美好；病房外，妻子们也像要好的小姐妹一般熟络地攀谈着。“你们换的是右边的肾，我们换的是左边的。所以说他们是一对兄弟，我们是一对姐妹。”陆建群搂着刘小芸的胳膊，亲切地说。

捐献者的肾脏不仅仅救活了两个病人，更将两个原本毫无关联的家庭联系在了一起。

另一边，接受肝脏移植的徐国洪一家子正围坐在医院的草坪旁，吃起了团圆饭。“开心吧，你可是九死一生逃出来的哟！”妻子成林美又给老公喂鱼汤，又给老公喂月饼，喜悦洋溢在脸上，欣慰荡漾在心中。

三个家庭的团圆，全靠捐献者一家的成全。

我们不知道捐献者的姓名，不知道他的家庭住址，但我们知道，今晚，在上海的某个角落，捐献者的家人，也在过着他们的中秋节。半个月前，他们刚刚失去天底下最亲的儿子、兄弟。在别人团圆的中秋节，他们的注定无法团圆；在别人举家庆祝的中秋节，他们注定深陷无尽的缅怀。

半个月前，作出捐献决定的老父母，他们还好吗？ 2015 年的中秋，镜头记录的三个家庭的团圆，希望他们也能看得到。

三个月后，记者走访了王述成、焦兰珍一家。他们的儿子焦俞体内的六个器官，让六个病患获得了新的生命。

王述成向记者展示了一幅大幅的国画。画上的牡丹虽然说不上巧夺天工，却也栩栩如生，颇显功力。“这是我儿子 6 岁时候画的一幅画。那个时候他还不会写字，我就说，你来作画，爸爸给你题词。画不一定有多好，但却是一个珍贵的纪念。”

在父亲的影响下，焦俞从小就学国画，拿了很多奖。如今他的这些画，还有父亲给儿子抄的古诗词，成了他留给两位老人最后的回忆了。

中庭地白树息鸦，冷露无声湿桂花。今夜月明人尽望，不知秋思落谁家。

说起三个月前替儿子作出的那个决定，两位老人依然记忆犹新。“当时，我们心情也很复杂。我和丈夫说我有一个决定，他说他也有个决定，最后我俩说出来，都是同一个想法。我们都觉得，娃娃火化了以后，剩下的就是一堆灰，一堆骨灰。现在，虽然我失去了一个儿子，但是换回了六个人的生命，六个家都能够团圆了。”

得到器官捐助的几个病人家属，委托上海红十字会陆续给王述成一家寄来了感谢信。每次收到信，他们都会跑去墓园，把鲜花和信交给儿子。

在焦俞墓碑前，王述成展开了那一封用大幅红纸写的感谢信，一字一句地读给儿子听。“亲爱的捐献者，你捐献的不仅仅是肾源而是真诚的一个家，所以让我也有了整个明天和未来，我绝对不会放弃的。谢谢，再一次衷心地道一声谢谢。”

相比父亲的理性，感性的母亲有更多的话想对儿子说：“儿子啊，直到今天，我们全家都还没有从你离去的悲痛中走出来。但是，我对我自己说，从 2016 年 2 月起，妈妈一定不会再哭了。妈妈一定要勇敢地活下去，和你爸爸、姐姐、哥哥一起，我们互相鼓励。儿子，你放心吧……儿子，妈妈想你的时候，你要给妈妈托个梦啊！”

其实，就在前天，焦兰珍真的梦到了焦俞。“早上五点多，我梦见我去上老年大学。我看到一个很大的牌坊——就像文化公园那个地方的牌坊。然后，我就看到了我的儿子。我说：‘儿啊！’他也说：‘妈妈！’然后我就朝他的方向

器官捐献实行双盲原则，所以王述成夫妇并不知道自己孩子的器官救了谁。医生为了宽慰他们，作为中间人转交了受到帮助的人写给捐献者的感谢信

跑去，他也朝我的方向跑来……跑着跑着，他就飞到天上去了……醒来后我对我老公说，我在梦里见到的儿子好清楚啊！第一次梦到他，我真的太想他了，真的。”

在公民器官捐献刚刚起步的 2015 年，王述成、焦兰珍一家迈出了异常艰难的一步。他们是我们这个时代器官捐献的开拓者。

时间又过了三个月，瑞金医院的三位移植病人，都陆续出院了。他们各自回到了家里，见到了自己朝思暮想的亲人。而华山医院 OPO 组织的器官协调员们，还在为下一个潜在的器官捐献者提供着服务。

在这一期节目中，通过镜头和文字，我们看到了两场完整的器官移植手术，以及手术背后四个有血有肉的平凡家庭。相信每一个观众与读者，都会为这四个家庭的悲欢离愁而动容、揪心，甚至落泪。但是，亲眼目睹、亲身经历了这些故事本身的记者和摄像师，他们在感动之余，却在为故事外的另一些人、另一些事而沉思。

北京阜外医院躺着等待心脏移植的病人们，他们还活着吗？如果有专门的绿色通道，焦俞那颗没有用上的心脏，是不是能赶得上再救一个人呢？

那些不愿署名的器官捐献者家属，什么时候可以不再经受外界的压力，卸下心里的包袱？那些依然在等待器官移植的病人，什么时候才能接到医生的救命电话？

在拍摄纪录片的整整一年间，记者与摄像师惊讶地发现，每天都有那么多需要器官移植的病人，他们就在我们的身边，等待着救命器官的到来。然而，2015 这一整年里，上海市器官捐献的案例仅有 80 例。而放眼全国，每年中国约有 30 万患者等待着器官移植，而每年完成的器官移植手术仅有 1 万余例。

面对着患者们一声声“还要等多久”的询问，面对着一个个没能等到器官就含泪逝去的生命，移植医生们都很委屈。他们明明拥有救人的技术，却依旧无法拯救病人的生命。医生都知道，一个病人等得久了，离社会也就远了。

在节目最后，所有接受采访的移植医生面对镜头，发出了心底最真切的呼喊——

希望广大民众在逝世以后能够捐出自己合格的、具有活性的器官，让它伴随着另一个年轻的生命结婚、生育，然后把孩子带到器官捐献者纪念碑前，告诉他们自己是如何诞生的。这才是生命最大的快乐！

往事只能回味

每 3 秒钟，这个世界就会有一个人像他们一样，被诊断为阿尔茨海默病。得了这种病，他们会逐渐找不到自己的床，会用牙膏给亲人打电话，会怕忘记自己是谁，会把一辈子整理成 24 本相册，在背面写上字，来回翻看……

人间世

109

上海市地处长江入海口，是中国大陆的经济、金融、贸易和航运中心。这里的发展速度以及生活节奏在全国乃至世界都是数一数二的，因此，也被人称作“魔都”。

上海市宛平南路600号，是上海市精神卫生中心的地址。大墙内外，是两种截然不同的节奏。外面，人来人往，车辆飞驰，节奏快得恨不得飞起来，人们都往前看。医院里面，节奏就慢了很多，一层楼里，住着很多老人，像一个“养老院”。他们只能回味往事。他们是一群患有阿尔茨海默病的老人。

阿尔茨海默病是多发生于老年和老年前期、以进行性认知功能障碍和行为损害为特征的中枢神经系统退行性病变。临床上以记忆障碍、失语、失用、失认、视空间技能损害、执行功能障碍以及人格和行为改变等全面性痴呆表现为特征，病因迄今未明。阿尔茨海默病是老年期最为常见的一种痴呆类型，所以大部分人都会把它称作——老年痴呆症。

现如今，社会中很多人对阿尔茨海默病患者都会避而远之。家庭里出了一名患有阿尔茨海默病的老人，总会让人觉得十分累赘。这个群体是否真的如大众眼中的那般“难搞”？这个病是否真的无法预防？上海电视台《人间世》摄制组走进上海市精神卫生中心，从这些老人的日常以及周边环境着手，试图为此找寻答案。

上海市精神卫生中心的小会议室里传来了一阵跑调的歌声，是一位名为老接的阿尔茨海默病患者唱的。他身边还围着一群穿着白大褂的医生。医生几次企图打断老接的歌声，但都被他无视了，直到他唱得喉咙干哑，咳了起来。趁着这个空隙，医生赶忙问了老接一个问题：“我们这是医院还是……”老接凑过耳朵，听到医生的问题之后连忙摇手否定：“这里是少体校！你看，这个老先生，慢慢慢慢走。老陆！”一旁围坐着的医生全都哄笑了起来，老接看到大家笑，也跟着一起拍手笑了起来：“团团坐，吃果果……”医生继续让老接说几个成语，但是老接的精神世界里，好像从来没有让别人进来过。听完医生的问题，他依旧自顾自地唱起歌来：“身体好。吃饭吃得饱，做事要勤劳。人虽小，志气高。”面对老接的无理取闹，医生都似见怪不怪地，继续配合着他：“不错，唱得蛮好。”听到医生说的这句话，老接不知道被触及了哪个泪点，像个小孩一样哇哇地哭了起来：“啊呀，教授，你不要这么讲啊，唱得好，我要哭了。不哭不哭，我听教授的话。”

老接今日的会诊时间结束了，他被一名医生搀扶起来，离开了座位，临别还不忘说一句：“祝你们健康长寿。”医生们赶忙回答他：“哎呀，我们争取活到85 岁。”此时，老接突然蹦出一句意味深长的话：“别让我回首往事了。”

这是阿尔茨海默病患者在上海市精神卫生中心的日常“打卡”环节。他们更多的时候，是穿着病服，坐在走廊的椅子上，互相聊着天，晒着太阳。这一刻的他们，也许已经忘了对面和他说这话的人是谁，叫什么名字，又或者，昨天的阳光是否如今天这般刺眼。

李霞是上海市精神卫生中心一名有着多年从业经验的医生。在她的门诊诊室里，每天都要坐着不同的阿尔茨海默病患者和他们的家属。李霞的日常工作就是通过患者外现的症状以及家属的阐述，给患者开药治疗。“我要考你的记性的。你记得住这三样东西吗？”这是李霞日常工作常用的方法，让患者试图去思考和记忆。“呀，你没叫我记，你叫我记，我就记了。一个笔……”老人拍拍脑袋，使劲憋出了这句话。老人的状况已经算得上好了，因为他勉强还能记住一样东西。

送走了上一名老人，下一名老人又来到了李霞的诊室。这名老人看着精神气不错，见到李霞后，笑容一直挂在脸上。要是不说，旁人应该察觉不到这是一名阿尔茨海默病患者。“丈夫叫什么名字？”李霞又问起了日常的问题，老人不假思索地回答:“我现在忘记了!”与健康的外表形成鲜明对比的是，这名患者的病已经很严重了。2017 年的时候，她多次走失，家里人一年多次报警录口供，派出所已经成了常去之地。“家里有这么一个人也倒霉了。你知道他说什么?他中午刚刚吃的饭，说两天没吃饭了。”一名患者家属一边把饼干递给患者，一边对着镜头说道。

每 3 秒钟，这个世界就会有一个人像他们一样，被诊断为阿尔茨海默病。得了这种病，他们会逐渐找不到自己的床，会用牙膏给亲人打电话，会怕忘记自己是谁，会把一辈子整理成 24 本相册，在背面写上字，来回翻看……“这个是谁?”摄像师指着相册里的人问蔡步洲。“不认识，也可能是我。”他眯着眼睛，笑眯眯地看着相册。说罢，他走近抽屉，从里面拿出一本笔记本，翻开笔记本，缓缓地念着:

> 什么时候，你觉得老了呢?不是别人喊你老头儿、老头儿的时候。而是病房里，有人说你们是“三等公民”的时候。“三等公民”，怎么还有这样的阶级之分?后来我才明白，“三等”，原来是醒来等吃早饭、早饭吃完等午饭、午饭吃完等晚饭。这不就是“三等公民”吗?要是真是如此，你确确实实是老人喽，老人喽，老人喽。

2016 年的一份调查显示，全球共有约 4000 万人罹患阿尔茨海默病，而这个数字预计将每 20 年增长一倍。发展中国家老龄人口比例低于欧美发达国家，但患阿尔茨海默病的比例却比西欧和美国高。患上了阿尔茨海默病的老年人，总是会被视为家庭的累赘，他们会渐渐忘记周围以及过去的事，智力随着年龄的增长而下降。在中国，把患了阿尔茨海默病的老人送去疗养院被视为不孝，但事实上，专业的精神卫生中心以及疗养院能给老人提供更有效的看护与治疗。在中国，大多数阿尔茨海默病的患者都错过了最佳诊断时间。早在 2009 年《中华老年医学杂志》发起的阿尔茨海默病诊治现状调查显示，中国阿尔茨海默病患者从出现症状到首次确诊的平均时间在 1 年以上，67% 的患者在确诊时为中重度，已错过最佳干预阶段。这种情况至今并无根本性好转。

上海市精神卫生中心每周都会来一些志愿者，他们有时候会给老人讲讲故事，陪他们说说话。今天来了两名志愿者，他们抱着吉他，在田根娣的病床前弹唱着《往事只能回味》，田根娣配合着他们的歌声拍打着自己的手掌。“我只有在梦里相依偎……”“还要弹，我就在这睡大觉！”感觉年轻人的歌声突然变小，田根娣焦急地让他们别停下来。

田根娣，86 岁，阿尔茨海默病患者。他的弟弟田德昌坐在病房外的廊椅上，听着里面的歌声，并没有要走进去的意思。看到这，大家似乎明白，田根娣现在最大的依靠，应该是她的弟弟。为什么得了这个病却不是她的孩子管她呢？在李霞和田德昌的谈话中我们得到了答案：田根娣有两个儿子，大儿子高度残废，小儿子的家庭已经孕育到了第三代，因此房子的居住面积十分狭窄。田根娣的丈夫在她 50 岁的时候患了肺癌过世了，在那之后，她和一个老头走到了一起。老头对她很好，双方维持了 16 个年头的事实婚姻，但因为孩子们的反对，两人一直都没有领结婚证，而田根娣因此也和自己的孩子有了“心结”。

幸好有一个从小相依为命的弟弟，田根娣才避免了老无所依的窘境。田德昌这个弟弟，表现出来的是真真切切的“姐弟情深”。“我自己家那边我就管不了了。”田德昌这句话轻描淡写，但谁都知道，照顾身患阿尔茨海默病的老人，对任何一个家庭都不是一件轻松的事，何况他还有自己的家庭。“你还记得吧，母亲很早就死了。我 4 岁，弟弟 3 岁，你只有 13 岁。那时候人家叫我父亲，叫你去当童工，把我跟弟弟放到孤儿院去。父亲不同意，你也不同意。你以前不是讲过吗？我们姐弟三个人，相依为命。讲过没有？”田德昌靠在姐姐的病床前，一字一句地讲着他们小时候的往事，“啊？”可想而知，记起这些往事对于田根娣来说实在是太难了。“你说我们姐弟三个人相依为命。”田德昌默默看着躺在病床上的姐姐，言语哽咽，眼眶泛红，无言。

“现在你老了我要管你了。”

今天一早，田德昌就来接姐姐田根娣出院。这一次，姐姐会和他一起回家过年。“一二三，走！”田根娣已经 86 岁高龄，只能靠轮椅行动，这一次到弟弟家，需要好几个人将她用担架抬下去。一路上田德昌一句话也没说，好像在思索着什么，又好像在担心着什么。刚到家，众人刚把老人抬到床上，田德昌的老婆周雪英就用一口浓重的沪腔嚷嚷着：“快叫她回去！”田德胜压制住心里的火气，急切地回了一句：“你神经病一样的，你有什么权力？”不说不要紧，一说两人之间的火药立马被点燃了。“我怎么没权力？我这里是户主啊。”周雪英气势上来了。这句话彻底激怒了田德昌，他开始说话没有了分寸：“你这个脑子不清楚的！我跟你讲，你脑子不好，我非要打死你。”听到田德昌这么重的话语，周雪英的情绪有些控制不住，“你打！我就死给你看！让你打，你再打！”说完这句话，周雪英夺门而出。

看着两人如此激烈的争吵，田根娣即使脑子再不灵光，也猜出来发生了什么事，眼泪浸红了她的眼眶。即使太太表现得如此激烈，田德昌依旧好似没发生什么事一样，收拾床，给姐姐洗脚。果然，夫妻的不和总是会让邻居察觉到什么的。邻居王荣欣趁周雪英出门之际，来到了田德昌家中，和他谈起话来。“她说你在这两个小朋友（摄影师）面前，这么揪她，那么打她，她是丢尽脸面了，她谁也没说，她女儿也没说，她只跟我说了。你做的就是不对！”原来周雪英出门以后，去找了邻居阿姨诉苦了。因为有外人在，有摄像机在，周雪英觉得田德昌的行为不尊重她。虽然一肚子怒气，她却始终没有将事情告诉两人的女儿，不想让事情的范围进一步扩大。“听她说，你听她一面讲啊？你当时没看到她，疯掉了。”田德昌到现在也没有觉得自己有过错。“她疯掉了你不要疯嘛，不就解决问题了啦？那是你老婆，这是你姐姐。姐姐就好比母，老婆也是母吧。”面对着田德昌的质疑，王荣欣哭笑不得，作为旁观者的她，是想秉持着公正的态度来缓和两人之间的关系，但田德昌好似吃了“定心丸”一样，一句话也听不进。“叫你来，白来了！”田德昌突然开始像个小孩子一样瞪着王荣欣，“又挨你白眼了，为什么要挨你白眼，我领了你什么了？我挨你白眼。这个家庭啊，一定一定要往好的关系搞。”也许是常年这么劝架劝过来了，王荣欣已经摸清了田德昌的脾气，对于他的白眼并没有表现得急眼，反倒更用心地说了起来，“弟弟这样照顾姐姐，应该说很少了，我打心里很佩服你。她（周慧英）现在最难了，因为什么？两边都是亲人，你现在姐姐还糊涂的，你要偏向你老婆。那这个关系就好处理了，是不是啊？”王荣欣说完，屋里一片寂静，本来吵吵闹闹的房间，顿时大家都不说话了。看着气氛逐渐缓和下来，王荣欣离开了田德昌的家。

邻居走后，田德昌开始一个人包起了馄饨。剁好的馄饨馅，摊好的馄饨皮，一放一捏一小锅，不一会，热腾腾的一大盆馄饨就出锅了。馄饨刚好，周慧英就进了屋。田德昌看着她脱了鞋，热情地说了句：“来来来，馄饨。”周慧英看了一眼馄饨，好像肚子里还有那么一点气：“你吃好了，我不吃，我不饿。”田德昌看老婆气势开始淡下来了，连忙接了句：“你吃吃咸淡。”就这么你一句我一句，软磨硬泡，周慧英内心软了下来。周慧英前些年患了眼疾，走路不大利索，田德昌赶忙拉扯着周慧英在客厅的桌子边坐了下来，给她端了馄饨。一面是姐姐，一面是老婆，在旁人看来，他需要顾及的方面实在太多了。但手心手背都是肉，他总算是把两个人的情绪都安定下来了。

田德昌因为姐姐和妻子闹矛盾也不是第一次了。以前有一次，家里进来了一只小狗，田根娣从小就很喜欢小动物，看见有小狗进了家门，内心欢喜得不得了。不过还没和小狗玩热乎，周慧英回家看到了小狗，因为担心卫生和清洁问题，她的火气立马就上来了，和田根娣吵了起来。田德昌在一旁也不好做什么点评，夹在中间左右为难。

将姐姐接回家中，除了照顾她的起居饮食，还要偶尔带她出门散散心，呼吸呼吸新鲜空气。今天，他们来到了家门外的小广场，正好广场上来了几只小狗。田根娣左看右看，在轮椅下找到了一个空空的罐子，一点点地从里面拿东西，想要喂狗，可这明明是一个空罐子。把姐姐安置在一边，田德昌见到了平时一起玩耍的老友，两人找了广场的一处坐了下来。“喜欢小动物的人，心肠都比较软，不喜欢小动物的人，心肠往往就硬。”田德昌说完，看了看一旁喂狗的姐姐，又看了看另一边和好友谈笑风生的周慧英，摇了摇头。“所以人跟人之间的关系很难的。”看完，田德昌嘴里蹦出了这样一句话，邻居心领神会地说：“一个家庭没有一致的观点……”

在广场晒完太阳之后，田德昌领着姐姐和太太回到了自家院子里。田根娣看到了院里鸟笼里的鹦鹉，本来安安静静坐着的她对着房间里的田德昌就喊：“到哪儿去了，怎么还不出来？老头子！老头子！”田德昌听到姐姐的喊声，连忙走了出来，在他听清姐姐说的什么之后，对姐姐说：“我怎么又成你老头子了？啥人啊？你喊谁啊？”看到田德昌出来之后，田根娣点了点头，对着摄像机表示，这个就是她的老头。田德昌着急了：“又瞎讲。我是你大阿弟啊，我是你的大弟弟啊。”听完田德昌说的话，田根娣突然流露出了很疑惑的表情，刚才的她还一副信誓旦旦的表情。“我……我搞不清楚啊。”她挠了挠头。

本以为太太的情绪已经照顾好了，刚从广场回来，她又好似闷闷不乐了。刚被姐姐叫来院子里的田德昌，听到了妻子在屋内嘤嘤的哭声。“你不好计较，她脑子不清楚对不对？”为了劝说妻子，田德昌依旧是这套说辞。“我怎么计较了？你对我怎么样呢？我很委屈。凭良心讲，周雪英对你田德昌是真心真意。结果没想到你田德昌，还是为了你姐姐，这样吼我。我心里很难过，我得不到人家同情……”这下清楚了，周慧英和田德昌两人的矛盾，从始至终都是因为田德昌当着别人的面，为了姐姐吼她。根结在田德昌的态度，而不是他的决定。

“老头子！老头子！”田根娣又在院子里喊了，一旁安慰着妻子的田德昌立马从凳子上站了起来。“好了好了，又叫我了！”他赶忙跑到了院子里，与此同时，周慧英的哭声更大了……

一家人哪里有什么隔夜仇，田德昌和周慧英的女儿在得知父亲把姑姑接到自家居住之后，极力劝解母亲同意姑姑和他们住到一起。和女儿深入交谈之后，笑颜重新爬上了周慧英的脸庞，她能接受田根娣和他们一起生活了。而她把这一切都归功于女儿的体贴。“告诉你，吃得老胖了！”田根娣拍着周慧英的腿，大声说道。“减肥了，减肥了。”周慧英话音刚落，田德昌已经张罗好三个人的饭菜，端上了饭桌。三个人终于其乐融融地坐在了餐桌前一起吃饭。

一个月后，周慧英已经可以和田根娣单独相处。田根娣的病随着时间的推移越来越重，脑子里能记住的事情也越来越少。因为辈分的问题，两人都可以说上一整天：

田根娣：我没叫过你阿姐啊！

周慧英：我叫你阿姐啊！

田根娣：不对的。你不是触我霉头啊？

周慧英：我叫你姐姐啊，怎么不对了，叫错了还是什么？

田根娣：叫我姐姐不对，你瞎叫。你看你头发都发白了，还叫我姐姐？你不是触我霉头吗？

周慧英（笑）：你看看。

田根娣：你当我傻瓜了！

周慧英：我头发白没关系，你辈分比我大，知道吗？

田根娣：怎么辈分比你大了？

周慧英：我应该叫你阿姐！我是永林（你儿子）的舅妈。

117

田根娣依旧时不时地把自己的弟弟当成自己已经去世多年的丈夫。和周慧英因为辈分拌完嘴，最后两人还会因为丈夫你一句我一句拉扯着：

田根娣：我老头子来了，看了这么乱。

周慧英：他不是你老头，是你阿弟。

田根娣：不是我老头是你老头子啊？

周慧英：哎。

田根娣：哎，哎什么哎。不搭嘎。我要错了，你来找我！

一个月后，田德昌来到了李霞的诊室，为姐姐开药。说起田德昌为姐姐所做的事情，李霞表示很佩服。这时，田德昌给李霞讲了一个他至今也不敢告诉太太的小秘密：他当初的房子，买下时需要24万。他和妻子周慧英说，他会向姐姐和弟弟借钱来买下这套房子。但事实却是，他根本没有找姐姐和弟弟借钱，他只是想以此为契机，拉拢妻子和姐姐弟弟的关系。现在，姐姐生了病没人照顾，田德昌多年前埋下的种子，终于有了表现的机会，他跟妻子说：我们要懂得知恩图报，若是没有姐姐当初借的钱，哪里买得起现在的房子。

田德昌心胸的宽广，让李霞很是感动。“现在你照顾姐姐，会碰到什么问题？”李霞问道。田德昌回答：“她深处的记忆就开始调上来了，她说那一天老头两个女儿夹着老头，把老头接回家了。”其实，田根娣说的是当初和她一起度过了16年的老头，即使到现在，她忘了很多事情，她也忘不了当年被子女拆散的痛。“现在很多人只是给老人物质上满足，其实对老人心灵的需求，大家还不知怎么做。”

田德昌和李霞聊了很多家常，这些都没有被写到医院的病史里。因为在这个世界上，并没有什么药可以帮助他解决这些烦恼。作为医生能做的，就是听他讲，然后给他姐姐开一些多奈哌齐和奥氮平。多奈哌齐是一种促智药，它可以让大脑里一种叫作乙酰胆碱的神经递质分解减慢，从而改善阿尔茨海默病患者的认知功能。

回到家中，田根娣嘴里又喃喃着那一件记忆深处的事情：“他的女儿把他接回去了。他不要走啊，两个女儿夹着他，他一会回头看看，一会回头看看，我也没办法。回去就没来过了。”听到姐姐又说起这件事，田德昌跟摄像师说了实情：“实际上并没有这个故事，但是她脑子里的老头子是个亲人，一直记得。它从深处反射出来，（脑子）就乱掉了。”

寒冬过去，春天快来临了，田德昌决定带姐姐回到她原来居住的房子里，帮助姐姐好好回忆一下。房子里的摆设很陈旧，田德昌看了一眼，这里还有着姐姐患病后的痕迹——田根娣将假花当成真花种在了盆子里，给它们盖上了泥土……“我老头在的话，打死我也不走！我结婚就结在这里，现在老了倒要跑了！”看着熟悉的布置和老伴的照片，田根娣再也忍不住，呜呜地哭了起来。无论怎么忘，最爱的无法忘。“你也没走啊，你走到我家来了。你想想看，我们小的时候就在一起，现在老了还在一起。我也老了，我 76 岁了。”看着姐姐哭了起来，田德昌小心翼翼地哄着她。

分不清了，也记不住了，但身上流着的至亲的血液，是姐弟两人一辈子的纽带。这个城市车水马龙，走得很快，可是弟弟推着姐姐的脚步，只会随着时间的流逝越来越慢。人会老，但情不会变。原本两个人一起长大的世界，因为第三个人的宽容，而一起搀扶着前进。远处，周慧英挽着田德昌的手，一起推着田根娣的轮椅，走在城市的公园里。他们的步伐很慢，也许这就是每个人老了以后的真实写照吧——相互依靠，余生慢走。

在上海市精神卫生中心，除了老年人，你还能见到很多中年人的身影。他们是这些老人的子女，在照顾阿尔茨海默病老人的名单中，他们应该是排在第一位的。

蔡步洲，86 岁。患有脑血管性认知障碍。他是一名抗战老兵，参加过上甘岭战役。蔡步洲到了现在，已经无法行走自如了。今天躺在床上的他，让儿子金戟用手机给他播放老电影《上甘岭》。“我们石砚洞北山牺牲了一千多个人。”蔡步洲虽然有认知障碍，但是说起当年打仗时发生的事，仿佛历历在目。作为老兵后代，金戟对于父亲当年打仗那些事，早已在父亲的熏陶下，倒背如流：“小时候他给我们讲，美国人十几门炮，一二三，打过来，人家都是老兵，都躲在那个壕沟里面了，他没躲，当时他还是新兵。等炮打完起来，他旁边的人已经没了。他们战友的这种情感，我们……”还没等儿子讲完，蔡步洲突然插话：“没办法理解。”在这个老人脸上，还挂着一脸骄傲。

在医院的走廊里，患者水仙的儿子来探望她了。看了这么多年，照顾了这么多年，水仙见到儿子还是分不清楚他到底是谁。“我这个弟弟是长得蛮好的。我生儿子的时候，他已经老早就生出来了。”她竟然又把儿子和弟弟给搞混了。“你们拍这种片子，除了拍这些老人，你也拍拍这些老人的家属。他们不被关心，说句老实话还是挺可怜的。”面对着镜头，水仙的儿子说出了他多年以来的一些想法。

作为阿尔茨海默病患者的儿女，确实比我们想象中的难。

一个中年男子端着一个脸盆，手上拿着一张单子，若有所思地在走廊踱步。他是付更生的儿子，名叫付刚，47 岁，黑龙江大庆人。

付刚用手里的脸盆，打了一盆热水，给他的父亲洗脚。一边洗脚，付更生一边带着哭腔喃喃自语：“我就是钻研工作，安心工作。”为了安抚他的情绪，付刚一直在一旁附和着他：“对，您就钻研工作。一直到退休前，大家都说老付，老付业务能力可强了，还钻研。”

付更生，72 岁。脑血管性认知障碍患者。我们这代人，都知道大庆油田，都听过铁人王进喜的故事。付更生，就是大庆油田第一代的石油工人。1964 年，他奔赴大庆，参加了著名的“石油大会战”。在那个年代，作为大学生的付更生担任科长一职。

李霞循例查房，来到付更生床前的时候，老付拉住她的手不让她走了。“真的应该这么做的，给我个工作。”自从有了认知障碍，老付一直嚷嚷着要去工作，忙活了大半辈子的人，生病了也一刻都闲不住。“你这工作不工作，骗我了，骗我了。”拉住李霞的手，是因为大家都骗他说会让他去工作，老付虽然有认知障碍，但人还不傻，是不是真话，他能分得出来。李霞走的那一刻，老付的情绪还未平复下来，他心里一直惦记着自己的工作。

刚患病的那段时间，由于付刚工作很忙，都是他的母亲在照料老付。但患有阿尔茨海默病的患者护理烦琐，同样是老人的母亲怎么能受得住。没有两个月，付刚的母亲也病倒进了医院。这下手头的事情再忙，付刚也无法扔下老父亲不管了。在

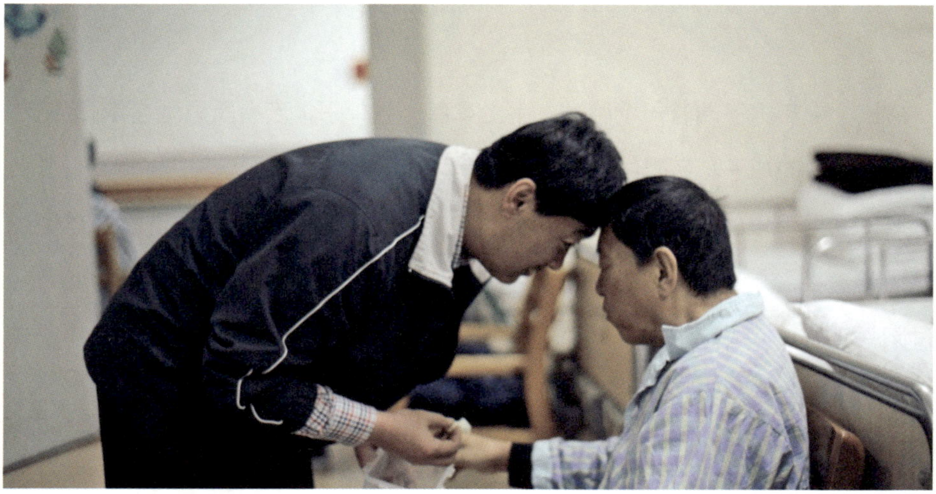

老年病房内，付刚照顾父亲时，两人顶头

照料老付两个月之后，付刚带着老付来到了上海市精神卫生中心，希望父亲的病能早日康复。

“绝对不行的，要帮手的。”临床的家属激动地对付刚说，付刚一边喂着父亲，一边无奈地笑了笑，对着镜头说：“她们给我吃‘定心丸’了，10 年。”一旁的父亲听到这话，接了上来：“走吧，我们聊两天就行了。”看着父亲这个迷迷糊糊的样子，付刚继续说着：“孝子难‘装’，‘装’两个月不容易了，还要‘装’个 10 年，呵呵。昨天一说我心里这个凉啊，那也得‘装’啊。”听到儿子这么说，老付好像听懂了些什么，拉着儿子的手腕要和他比一比。付刚故意不使劲，老付赢得了这场“比赛”的胜利。“他劲儿比我大！我 47 岁，照顾他 10 年，我 57 岁，也差不多了是吧。”付刚越说越无奈，但他依旧笑着对摄像师说着这一切。这下老付完全听懂了，开始大吵大闹，嘴里还一直嘟囔着：不好听不好听！

临床的家属看着这父子俩的对话，突然蹦出了一句话：“我觉得你还是保你妈吧，否则两个人都倒，两个一倒，更加完蛋。”付更生父子好似什么都没听见，自顾自玩起了顶脑袋的游戏。阿姨的声音很响亮，听没听到，只有他们父子俩自己清楚。

夜深后，付刚从医院出来，走在通往旅馆的小道上。冬天的上海温度虽然不算太低，但湿冷的空气很容易让人感冒。每天在这条小道上走着，付刚都会打冷颤。每每走着，他都会提醒自己，千万不能感冒。如果感冒了，医院是不允许去医院探视病人的，为了父亲，他也不能生病。

第二天，付刚照常来到医院，由于担心父亲的状况，他每天来到医院的第一件事，就是问护工，父亲昨夜有没有哭，每次听到护工好的答案，付刚才会亲昵地叫醒父亲：“老付头，不会又睡着了吧。”付刚把爸爸抱下床，亲了一下额头。这么熟悉的画面，好似小时候，父亲对我们做的举动。付更生醒了，跟孩子一样，他好像发起了“起床气”，一直拼命地喊着要回家。“快点走！快点走！”老付牵着儿子的手哀求着。“不哭不哭。咱不伤心，咱们马上就回去，再治一两天就回去。”付刚只能一边给父亲擦眼泪，一边安慰着他。跟小时候我们住院时的场景一模一样，只是两人的位置调换了。

那一天，付刚找李霞聊了很久。他告诉李霞，他的女儿今年就要高考了，他的老父亲又需要他长期照料。此时的他就像一根蜡烛，两头都在烧。

两个月后，付刚带着付更生回到了生他们养他们的大庆。回到大庆不久，付刚也病倒了。此刻的他正躺在大庆市龙南医院的病床上输着液。但这里他不敢久留，因为家里还有老父亲等着他回去。他匆忙让医生给他开了药，当他打开药包时，看到了“阿托伐他汀”。“阿托伐他汀，治痴呆的。我老爷子就天天用阿托伐他汀，怎么给我也开这玩意。”付刚说着说着就笑了。

马不停蹄，付刚开车来到了大庆市心理保健调适中心。今早他的弟弟和母亲都来这里看望他的父亲，家里人经常来这里跑一跑，为了提高老付对他们的认知。“你妈，你妈。老太太哭了，老太太。”在医院的走廊上，老付看到儿子第一句话就哭了。“咱病养好了，咱接着回去看老太太去。”付刚忍住要掉落的泪水，安抚着父亲的情绪。得了病，老付心里想得也是要回家，可是家里给不了他细致的照顾，他的病还需要专业看护半年以上。

身边大部分人都在劝付刚，把老父亲送到疗养院就好了，为何要搭上这么多人的精力。付刚没说话，“撑不下去”和“父子情”，他好像还是会选择后者。李霞告诉他，治疗半年后，病才会有好转的迹象，时间还未过半年，再苦再累也要撑住。

“这才四个多月。”付刚说完这句话，拿起身边的酒瓶一饮而尽。2018 年，他要好好规划一下自己接下来的人生，是按照大家的建议，还是按照自己的规划走下去，2018 年再说吧！

病房的走廊里，蔡步洲读着他自己写的诗。阿尔茨海默病患者害怕自己会忘记以前发生的事，会把记住的事情记在笔记本里，这样，他们翻阅的时候才会知道，原来这些事发生过：爷爷病了，开始的时候回不了家，后来晚上不能睡觉，再后来不能吃饭，不能大小便，把身上搞得臭臭的。奶奶是一个女人，没有招。这就叫“老年痴呆症”。爷爷要出院，到处拦阻，护工把爷爷绑在凳子上。药不肯吃，护士把它打成粉，和水一起灌进去。爷爷吐了护士一身，再灌。晚上睡觉，床上垫上纸尿布，给爷爷换上纸尿裤。一晚换几次。一阵秋风吹来，树的树叶都吹落了，树有落叶的时候，也有长着新叶的时候。而人的头发一旦白了，就没有办法变黑了。

在上海市精神卫生中心还有这么一群人，他们年龄和患者相仿，他们是照顾阿尔茨海默病患者的主力军。他们是患者的老伴儿。

杨秉哲，阿尔茨海默病患者，81 岁。他是一位乐观开朗的老人，在医院的走廊上碰到他，他的笑容始终挂在脸上。胖胖的身躯，走路时还会摆动双手。他的身边时刻跟着她的老伴，他也寸步离不开她。“我离不开她的。”杨秉哲笑着说出这句话，手里还一直牵着老伴的手。老伴用另一只手托着腮，仿佛像 20 多岁的青年一样撒着娇对他说：“那我明天晚上回去，你行吗？”看着对方的眼神里满是柔情。杨秉哲一下子顿住了，继而说出一句玩笑话：“到那个时候再说吧！”

就算忘记了全世界，也无法忘记你。相对于杨秉哲夫妇几十年如一日的含情脉脉，吴开兰夫妇就没有这么幸运了。他们之间没有谈话，也很少有眼神交流，甚至无法一起相挽在阳光下。因为吴开兰的老伴阮怀恩已经无法通过自身做出任何肢体动作，讲出任何话语了。阮怀恩退休以后逐渐有了阿尔茨海默病的初步症状，患病至今已有 15 年。患病后，他参与了药物试验，和他一起参与实验的人陆陆续续离开了这个世界，而阮怀恩却意志顽强地活了 15 年。吴开兰妻子说起自己丈夫的坚强，满是骄傲——里根也只活了 10 年，我们活了 15

年了！

吴开兰是一位很开朗乐观的老人，对于现在所发生的一切，她没有任何怨恨。“家里没人可以顶了，你就有一股动力。当然了，他们说，这样的动力维持不了多长。管他呢，能维持多久就维持多久。”她的话语中还带有一丝倔强。15年的照顾，15年如一日，吴开兰把这一切当作日常上班，赶快把这些事做完了回家。回家又是家里一摊子事情要做。到了夜晚，她可以睡觉了，这才是属于她自己的时间。

阿尔茨海默病，它犹如一块橡皮擦，一点一点擦去患者的记忆，最终甚至连至亲至爱的人都无法认出，被称为“上帝最恶毒的诅咒”。而对于这个病，最有效的方法就是找到这块“橡皮擦”，扔掉或者减缓它擦拭的速度。阮怀恩患病的征兆很早就被细心的吴开兰发现了。“他在里面烧菜，我在洗衣服。烧一个汤放在锅里，他又烧一个汤。我讲汤不是烧好了嘛？他讲，哎哟，忘记了。这不又是一个疑点嘛。很小很小的细节，所以我在看病的时候，医生就讲，哎呀，这么早能发现是很可贵的。”吴开兰用她的努力和行动，一点一点为自己老伴的生命作着延续。

2018年春节过后，吴开兰的家庭又增添了一个新的生命。拿着外孙女的照片，吴开兰一遍一遍地对着阮怀恩说话：“这是雅敏的小孩，叫你外公，好看吧？欢喜吧？来亲亲，再来一次，亲亲。”阮怀恩睁着眼睛，一动也不动，谁也不知道此刻他的心情如何。每逢过年，是吴开兰又悲又喜的时刻。喜的是，她的老伴又活了一年，悲的是，他老伴的生命，又少了一年。“又活了一年，对吧。明年过年，再活一年，好不好？”吴开兰一边喂饭，一边止不住眼泪对着阮怀恩说话。

除夕，大家都欢欢喜喜，围在一起吃团圆饭。每年的这一刻，吴开兰都拒绝女儿邀请一起吃饭的请求，她要来医院为阮怀恩洗脚。在她心里，如果没有了她，老伴根本就不像过年，脚要是没洗，那就是一年都没洗了。

2018年5月10日，阮怀恩肺部感染，生命垂危。吴开兰拒绝给阮怀恩插管治疗，因为她知道，插管治疗虽然能延续老伴的生命，但是对老伴来说无疑是痛苦的。不插管，就是干干净净的，人也会是一个很好的状态。“老阮啊，能坚持多长时间就坚持多长时间，不要插管弄得这么痛苦。我也痛苦。”吴开兰捧着老伴的脸，失声哭了出来，她多希望老伴此刻能回应她，告诉她，她做的这一切没有错。“你放心，我一定不会让你一个人孤孤单单，好不好。雅敏的小毛头我帮你带好，我告诉她，阿公是老师！”阮怀恩的监护仪随着时间一点一点地平静了下来。

2018年5月29日凌晨2时6分，阮怀恩病逝，享年72岁。过了几天吴开兰来到医院，给平日里看护阮怀恩的护工送来一面锦旗。“这么多年照顾我们家老阮，辛苦了！我也不知道你叫什么名字，就叫老陆吧。”老陆也已是白发苍苍的老人。

那一天，吴开兰也来到了李霞的诊室，她和李霞聊了很久。她说，她最大的遗憾就是不知道阮怀恩认不认可自己替他作出的这个选择。李霞也很难说清楚，枯坐和久睡，到底应该选哪一个。李霞心里有一句话，那一天不知为什么，一直没有说出口：吴老师，一直以来你都在照顾别人，以后别忘记，好好照顾自己。

上海市精神卫生中心大堂里，志愿者们在带领老人合唱《夜来香》：我爱这夜色茫茫，也爱这夜莺歌唱。更爱那花一般的梦，拥抱着夜来香。闻这夜来香。

小会议室里，老接身旁循例围着一群医生。

医生：你还要什么才艺，给我们展示一下？

老人：我给你们唱个歌，邓丽君的。“不知道为了什么，忧愁它围绕着我，我每天都在祈祷，快赶走爱的寂寞。那天起你对我说，永远地爱着我，千言和万语，随浮云掠过……”

据不完全统计，中国患阿尔茨海默病人数在 600 万左右。由于病人及家属对病情认知的局限，67% 的患者在确诊时为中重度，已错过最佳干预阶段，有过正规治疗的人数大约占 5%—30%。

坚持

作为医生，坚持在医学道路上不断地求索、坚持对未知领域不断地学习，才能问心无愧地面对患者，哪怕有时会被不理解、难免会有不如意；作为患者，坚持对自己的信任，坚持对医生的信任，才能同医生一起和疾病战斗，最后用乐观和坚强来战胜病魔。

坚持，才有希望！

人间世

129

医学是一个不断求证的过程。挂号、检查、问诊、手术，每一步似乎都环环相扣，严丝合缝。然而，现实情况极有可能并非如此。在任何一个环节中，变化都会突如其来，令医生、患者、家属猝不及防，甚至将他们推入无可奈何的境地。

在本期节目中，摄像机记录了两台发生在同一天、同一间手术室、同一位医生执刀的手术。两台手术的背后，是两个不同的生命、不同的故事。相似的病因，完全不同的过程，在经历了一次次让人无奈的变化后，我们发现主导结果的，是人们对无奈时坚持的态度。

今天，世界顶尖的心导管介入手术专家云集于复旦大学附属中山医院新建成的心导管室。他们将要共同面对的是心脏内科冠心病介入治疗领域最难的两台手术，而他们的双手也将承载着病人对于生活最后的希望……

中山医院心脏内科监护室门口，李千军和妻子马红章拉住了刚准备下班的医生。“就是 4 床那个，是我女儿。她最近一直没大便。她躺在床上是没办法大便的，一定要到厕所去才行……她能站起来的……”

“不行不行，她的病很重，不能离开病床，不能去厕所的。”医生的回答斩钉截铁，丝毫没有商量的余地。尽管医生很清楚，没有大便可能会对手术造成影响，但比起这个，下床走动显然是更加危险的行为。

最近十几天，李千军和妻子一直守候在监护室的门口，守候在女儿李娜的身边。他们不敢离开半步，夜里也不回家。喝水自带保温壶，吃饭附近买盒饭，晚上困了，两个人就轮流在一张自带的躺椅上小憩一会。一个人睡着，另一个人醒着，就怕躺在监护室里的女儿有状况。“大约两周前发现了女儿的这个情况，在那之后我和她妈妈真是吃也吃不好，睡也睡不好。现在一天三顿比不上之前一顿吃得多，没心情吃，也吃不下，也感觉不到饿。因为太担心、太紧张了。”

监护室里，李娜显得有些与众不同。她今年才 19 岁，是一个喜欢画画、弹钢琴，性格文静乖巧的女孩。虽然已经十几天没被医生允许下床了，但气色看着还不错。“我心态比较好，无所谓的。我一直安慰我父母，挺好的。他们看到我这样子，也会比较放心一点。”但她并不知道，自己的身体已经到了岌岌可危的地步了。哪怕多走几步路，生命都有可能会突然中止。

李娜的爸爸李千军说，起初李娜只是觉得眼睛有点花，看不清东西，再者就是浑身乏力。家里人以为她是体虚贫血，给她配了点中药，感觉稍微好些就又继续回学校上学了。可一上学，身体的状况越来越差。最终只能住进了医院。

入院以后为了确诊疾病，做了 CT、彩超、心电图等各种检查，但都没查出病因。屋漏又偏逢连夜雨，检查期间李娜的肺部又出现了感染，不断咳血，病情一度非常危重，救治二十多天后才逐渐稳定。但是，胸口疼痛的情况一直无法好转，医生进行了多次的检查，“最后做的是心脏冠状动脉增强 CT，才把这个病因查出来。”李千军说。

李娜所患的病叫做多发性大动脉炎。这是一种累及全身动脉的炎症性疾病，会导致人体多处血管发生狭窄、闭塞或血管瘤。人体的心脏共有三根主要血管，任意一根血管堵塞都有可能造成心肌梗死，进而危及生命。李娜的大动脉炎引发了冠心病，导致心脏左侧两根冠状血管完全闭塞，仅有的一根可以供血的右侧冠状血管，也阻塞了百分之九十以上。

如今的李娜真可谓是命悬一线。堵塞的心脏血管，就好像是埋在她身体里的“定时炸弹”，一旦最后这根已经严重病变的血管也堵上了，她的心脏就会彻底“爆炸”，再好的医生也将回天乏术。而手术，是排除这颗心脏“炸弹”的唯一选择。

为了不影响对重症病人的抢救与治疗，每天监护室允许探望的时间只有半个小时，更多的时候，监护室的门是关着的。只有在医护人员进出重症监护室的瞬间，门才会打开。这时，李娜的父母总会尽量往里探出身子，隔着十几米的距离和躺在病床上的李娜关照上几句。“睡觉了吗？饭吃得还好么？”因为时间短暂，能说的无外乎就是这么几句家常话。

更多时候，监护室外的李千军和马红章只能翻看手机里女儿的照片，来稍稍化解一些对女儿的思念之情。“我们的心情外人可能感觉不到，毕竟是自己的小孩，痛在自己心里只有自己才知道。但是再大的困难，只要有一点点希望，我们也要坚守。”只要能让女儿恢复健康，即便付出自己的一切，李千军也毫不犹豫。

医生告诉李千军夫妇，要治疗李娜的血管堵塞，有两种方案可以选择。一个是心脏搭桥手术，另一个是心导管介入手术。

心脏搭桥手术比较常见。它通过外科开胸手术，利用从病人身上取出的血管，将堵塞的冠状动脉的两端连接起来，让血液绕过堵塞的部分，从这座新搭的“桥”上通过，以改善心肌缺血的症状。而心导管介入治疗虽然听着比较陌生，但原理还是比较简单的。它通过在病人的手或腿的动脉上开的小孔，将导丝和微导管从这个小孔中插入，经由血管到达心脏内血管的堵塞处，然后借助导丝置入网状支架，把原本闭塞的位置扩张撑大，从而实现血管的疏通。

说得更形象一些，如果把人体的主要血管比喻成高速公路，那李娜的血管因为病变，高速公路的部分路段已彻底损坏，车辆无法通行。心脏搭桥就是在损毁道路的边上另开一条新路，让车辆绕过毁坏路段，实现绕道通行。而心导管介入则是把原本损坏的路段重新清理、修整、加固，让这一路段重新实现通行功能。

这两种方法，哪一种更加适合李娜呢？医生们倾向于第二种方案——心导管介入治疗。“如果不考虑年龄的话，外科的搭桥手术应该是比较合适的。但是她实在是太年轻了，才 19 岁，那就必须要重新考虑了。因为外科开刀呢，一个问题是创伤大；另外一个问题，她有多发性动脉炎，搭桥以后她体内那根桥血管的寿命，血管的通畅率，相对来说可能要比普通病人降低很多。如果以后桥血管再出问题，需要进行下一步的处理，我们基本上就没有什么办法了。”中山医院心内科副主任医师陆浩这样解释道。

最终，经过讨论，专家决定为李娜进行心导管的介入治疗。然而，由于李娜的心血管闭塞过于严重，第一次手术，虽然医生在手术室进行了长达 6 个小时的反复尝试，但仍旧没能打通李娜被堵塞的血管。血管无法打通，便不能把网状支架放进去，手术没能获得成功。“这个手术的风险非常大，主要是担心在导管介入的过程中，病人会出现严重缺血的情况。一旦出现这类情况，那病人极有可能猝死，或者出现恶性的心率失常，这样的风险都可能存在。”陆浩医生说。

一台成功的手术，需要完善的手术方案，需要医生精湛的医术，也需要患者身体条件的配合。真可谓天时地利人和缺一不可。只是李娜目前的身体情况太过特殊，给手术带来了太多的不确定性。但是，综合李娜目前的情况，虽然第一次尝试失败了，专家们依然认为导管手术的方案是最适合李娜的。希望等李娜的身体情况好一些后，再试一次。

然而，看着折腾了 6 个小时却无功而返、重新回到监护室的女儿，李娜的父母犹豫了。“血管打通了才能放支架，这一次造影也做了，但就是没打通，第二次到底能不能打通也不知道，如果还是打不通，那么支架还是放不进去，造影剂对身体的伤害也很大，再打一次药水，孩子还得再受一次罪。”

有些时候，治病就像是一道还没有正确答案的选择题。打针还是吃药，保守治疗还是做手术，手术选择方案 A 还是方案 B……到底哪个选择才是最好的，只有在尝试后才能获得答案。只是选对了，皆大欢喜；但选错了，患者、家属、医生都很难承担这个选择带来的后果。

与李娜有着类似经历，吴伟也曾经历过一次未能成功的手术。今年 55 岁的他，患有冠心病，还伴有高血压及糖尿病。

在三根心脏血管中，李娜是左边的两根完全闭塞。而吴伟则是右边的这一根中间部位完全闭塞。不过幸运的是，人体会进行奇妙的自我修复，他的左边两根血管长出了一些小的血管，连接到了右边主动脉的末梢，使得吴伟的心脏缺血情况不像李娜那么严重。但是要想打通完全闭塞的右边血管并不容易。主治医生常书福介绍说：“他的血管就像是下水道一样，完全堵塞了。首先要把它打通了才行，血管才能畅通。而这一点就是现在最难的一个情况。”

七个月前，吴伟接受了心脏介入治疗。经历了漫长的六个小时手术后，遗憾的是，通道最终还没打通，手术被迫终止。同样，考虑到心脏搭桥手术创面大等因素，医生最终还是建议吴伟等待合适的时机，再尝试一次心脏导管手术。发生在吴伟身上的情况和李娜惊人相似。

病一天治不好，病人便要继续承受疾病带来的痛苦与不便。“应该说最近一段时间比以前更严重了，胸闷发生得越来越频繁了，去年还没那么明显，也就偶尔会出现一次两次。一年以后，经常会感到不舒服。我现在不能吃荤的，只能以素食为主。”吴伟说。

再次手术的窗口期终于到来。术前两天，吴伟住进了中山医院心内科的病房准备手术。原先还十分淡定的他，此时却也难掩紧张。同样的方案，第二次手术，结果会是大获成功，还是和上回一样无功而返，甚至更加糟糕？吴伟的心里七上八下。在病房里，他默默地翻看着刚拿到的检查报告——那是手术前例行的心脏彩超检查。他把数据一项一项和上次的检查结果做了比较，希望能看出些病情发展的端倪，但在一张张的报告中他也找不出任何情况变好或者变坏的依据。他想找医生去问问，可心里又特别烦，只好什么都不管，蒙上被子睡午觉去了。

另一边，李娜的父母依然没有下定决心。“唉，还是想要考虑一种比较稳妥的方案。要是放支架，我听别人说，支架的使用年数也就在 10 年到 15 年之间，我们也担心以后支架老化了该怎么办？也考虑过做搭桥，搭桥虽然当时人痛苦点，但是可能后期效果要好一点。但是后来了解下来，也不一定。搭桥搭出来的血管比较细，也可能会造成再次堵塞，再次堵塞，手术的麻烦和难度更大……”依然守在监护室门口的李千军左右为难。

微创手术放支架，创面小，恢复快，但手术难度大，成功把握性不足；开胸手术心脏搭桥，手术创面大，恢复慢，同时血管阻塞的可能性依然无法消除。

李娜的父母承受着的是抉择的压力，而主张采取同样手术方案的医生承受的则是手术能否成功的压力。“压力肯定是非常大的，对于这样一个年轻的患者，不管是从我们医院的角度，还是从病人和病人家属的角度，我们当医生的都希望手术能够顺利进行、病人能够平安康复。但是，考虑到病人血管的病变情况，这次手术确实是非常复杂的。对我们来说，这也是一次巨大的挑战。”面对镜头，李娜的主治医生陆浩这样说道。

最终，李娜一家还是接受了医生的建议，再一次尝试心脏导管手术。尽管再次进行同样的手术是一次挑战，但对于年轻的李娜来说，创伤小的心导管手术方案依然值得尝试。

“他们（医生）会再给你做一个造影，如果能装支架的话，他们会考虑给你装的。实在不能装也不会勉强装的。他们说了，总体来说，明天这个还算是个微创手术，微创，你不用担心的。”隔着监护室的玻璃幕墙，父亲李千军把手术方案告诉了李娜。同时，母亲马红章也用母亲特有的絮叨和体贴安慰着女儿：“你不要着急，没事的。我知道你在里面一定着急，但是你心态一定要调整好，知道吧！急又没有用。气色不好什么的也不用担心，反正在里面也没有人看到你，以后回家再好好打扮打扮。”

“好啦，你不要又说这又说那啦，真是的，我怎么觉得这样特别像探监啊！

我们还是不要说这个啦!”说是安慰女儿，其实监护室里的李娜反而比父母更轻松，反而，她还关心起了父母的身体，“我那儿不是还有维生素 B、维生素 C 嘛，你让老爸吃一点，晚上睡觉的时候吃一点啊!”即便隔着厚厚的玻璃，两代人之间浓浓的亲情，相信彼此都能感受得到。

几乎每一个人都清楚，治病不仅仅靠医生的医术，病患本身乐观积极的心态、强烈的生存意志同样重要。然而，当病魔真正降临的时候，人们难免会紧张，会手足无措，会左右为难，真正能做到乐观积极的病人真的是少之又少。所幸，在我们面前的李娜就是其中之一。比起明天的手术，她更在意的反而是自己的学习进度和父母的身体健康。“我之前的课，上到一半就停掉了，这些课我回去还得重修，挺可惜的。不过我得先休息好，等到能跑能跳了，再继续去上课。我就是希望我父母别太着急，他们的身体毕竟不像我，我年轻，心态好，他们心情不好的话，就容易伤身体嘛!”

今天，是手术日。

既是李娜第二次手术的日子，也是吴伟第二次手术的日子。两台相同的手术被放在了同一天，主刀的也是同一位医生——葛均波。

葛均波，中国科学院院士，复旦大学附属中山医院心内科主任，长江奖励计划特聘教授，全国五一劳动奖章获得者，国际知名的心脏病研究学者，心导管手术领域的世界级顶尖专家。今天的这两位病人都曾有过一次失败的手术经历。同样的手术方案，更艰难的一次挑战，接手这样的手术，考验的不仅仅是医生的技术，还有医生的信心和坚持。

按照计划，吴伟的手术是今天的第一台，李娜排在后面。

早上 7 点多，吴伟就被推进了手术室。显然，因为紧张和焦虑，他一整夜都没能睡好，早上血压明显有点偏高。“昨天晚上，我 9 点就睡了，11 点半醒了一次，1 点多醒了第二次，3 点多又醒了第三次。就这样糊里糊涂睡了又醒，醒了又睡，直到 4 点半怎么也睡不着了，就干脆起床。后来一测，说血压高，赶紧吃两颗降压药，把血压先降下去。”等待被推进手术室的吴伟语速明显比平时快。

手术室内，护士们忙碌地做着各种准备工作。手术室外，穿上了手术服的葛均波用他还带有些山东口音的普通话在向助手询问着今天的手术安排。“第一个病人是谁？已经上手术台了吗？哦，是我的病人，就是上次没做成那个。好，今天我再试试看。”葛均波的脸上带着微笑，说话的语气也颇为轻松，但其实，他的内心也同样有着巨大的压力。“之前我复习过这个片子，我觉得手术是有希望成功的，没想过一定会失败。但是成功和失败都有可能，只是我觉得成功的把握会更大一点。”几天后的采访时，他这样告诉摄制组。

8 点整，葛均波进入了手术室，亲自给病人实施局部麻醉。随后，一点一点、缓慢地将极细的导丝从开孔中往心脏方向推进。

手术室外，隔着观察窗与显示屏，有几十个人正屏息凝神地注视着手术台上发生的一切。他们不是病人的家属，也不是中山医院的青年医生，而是国内外各大医院的心脏疾病专家。他们从四面八方赶来，就是为了观摩高难度的心导管手术。只不过，他们也不知道，将要见证的是一场成功的手术，还是无奈的失败。

要想疏通吴伟心脏上的那根闭塞的血管，先要用导丝去打通血管中的闭塞段，随后插入微导管，再顺着微导管安装支架以扩张血管。心脏的三根动脉，就像是三条隧道，要想疏通拥堵的那段，常规而有效的方式就是将导丝直接从隧道的正面送入，这样导丝推进的距离最短，时间也最快。葛均波选择的正是这种方法。

很快，导丝就到达了血管中病变堵塞的位置。但是，由于病变的血管长期不通，血管内的堵塞物严重钙化，变得十分坚硬。堵在血管中央的钙化物就像是一头凶猛的拦路虎，挡在道路中央，细细的导丝根本捅不过去。

“唉，应该换根硬一点的导丝。”手术室外的专家小声议论着。葛均波也有同样的想法。通过他的观察，他发现患者血管中的闭塞段并不是很长，换一根硬一点的钢丝，应该能够穿得过去。但是，经过尝试，坚硬的钢丝依然无法穿透血管中的堵塞段。没办法，葛均波决定换一个方法，逆向而行。

面对一条完全堵塞的隧道，当从隧道入口处直接进入疏通不能成功时，就要想办法从隧道旁边的辅助通道，绕行到隧道的另一头，反向进行疏通，这在心导管手术中被称为“逆向技术”。与闭塞的动脉相连的，是许多细小的侧支血管，这些细小血管就是辅助通道，而葛均波要做的，就是在这些侧支血管中找到一条合适的通道，成功绕到闭塞段的另一端。

随着导丝在吴伟血管里一次次的推送，时间也在一分一秒地流逝，不知不觉中一个多小时已经过去了，但侧支血管繁杂而细小，细细的导丝犹如进入了一个迷宫，始终难以走通。最初，葛均波想要找出第一次手术走过的那条通路，遗憾的是，可能由于导丝造成的损伤，之前走过的那条侧支循环完全闭合，再也找不出来了。葛均波只能重新开始，在迷宫中重新寻找另外的出口。

“这个，这个不行……这个也走不过去。逆向的导丝，逆向的侧支都不行，一个也过不去。我找了两个，两个都过不去，哎呀，真是的……”葛均波一边苦笑，一边摇头。一条一条血管、一条一条路，无论选择哪一条，结果都是折戟于迷宫之中。如果继续逆向进入，就必须到距离心脏更远的血管中寻觅通道。但每一根细小血管形成的交叉口，都存在着两种截然不同的可能，走通或走不通。哪怕是对业界顶尖专家葛均波，依然是一个极其棘手的问题。

“唉，同志们，谁跟我说说，现在该怎么办啊，所有我找的侧支都走不通啊。”找不到好的解决办法，葛均波尝试向现场观摩的专家们求助。与手术室一墙之隔的观察室里围满了人，几十双眼睛全都紧紧地盯着手术台。他们有的在摇头，有的在挠头，每张脸上都挂着焦急与无奈——面对正向与逆向都没能走通的复杂局面，在场的专家谁都拿不出更好的办法。

虽然没能从其他专家那里获得有效的建议，但葛均波并不打算就此放弃。他调整了一下情绪，决定回到手术的起点，再尝试一下正向进入。导管再次从最初的位置进入吴伟的身体，再次来到那段像石头一样坚硬的阻塞段。可无论葛均波怎么扎，就是无法突破那短短的一段阻塞，正向进入再次失败。

此时，手术已经进行了三个多小时，葛均波深深感受到了作为一个医生的无奈与无助。“我那个时候就在想，哪怕有一个新的器械，新的手段，我都想去尝试。”事后，葛均波这样说。

而另一方面，因为心导管手术只在血管的创口处进行局部麻醉，全程手术时病人都是清醒的，而随着时间的推移，一直关注着自己手术进程的吴伟在手术台上也有些躺不住了。为了化解吴伟的紧张，让手术可以继续进行，葛均波只能一边思考手术方案，一边与吴伟聊几句天。

“吴伟啊，你多大年龄？”葛均波问道。

“我55岁。”吴伟回答。

“哦，55岁，那你看上去显得很年轻啊。你那么年轻，我觉得这手术不会很难做。一般老年人钙化的时候，会很难做。你的年纪没那么大，怎么会那么难做呢……”

“哦，可能我的血管年龄76岁吧。”

一问一答的简单对话，稍稍舒缓了现场凝重的气氛，也让葛均波有些焦躁的心情冷静了下来。他在心中重新将手术过程梳理了一遍：连续两次从正面进入，导管都能抵达堵塞点，但却无法捅穿堵塞物，显然从正面突破的可能已经非常渺茫了。这样的话，逆向进入就是唯一可行的手术方案了。但逆向进入，就意味着要在一次次的失败中寻找唯一的机会。

“同志们，重新再来，我们还是逆向走吧！”葛均波重振精神，大声对助手们说。手术再度开启，所有人都已经做好了思想准备，接下来的战斗势必是一场拉锯战、持久战。

此时此刻，躺在心内科监护室里等待了一个上午的李娜，也有点坐不住了。因为吴伟手术的胶着，她的手术时间也不得不往后顺延，这让原本比较轻松的她反而也越来越紧张了。在她身边，年轻的女医生黎音亮正在不断地安慰着她："没事的，今天所有病人的手术都是比较难做的。"

"现在我有一点点紧张了。到这边的时候，心脏感觉有点咯噔一下那种感觉，出来的时候也有……"李娜说。

"你这肯定是心理作用啦！"

"不是的，真的有，进去和出来的时候都有。今天手术过程应该不会有什么事情吧……"

"没关系的，你要是自己有什么不舒服的话，你跟我们手

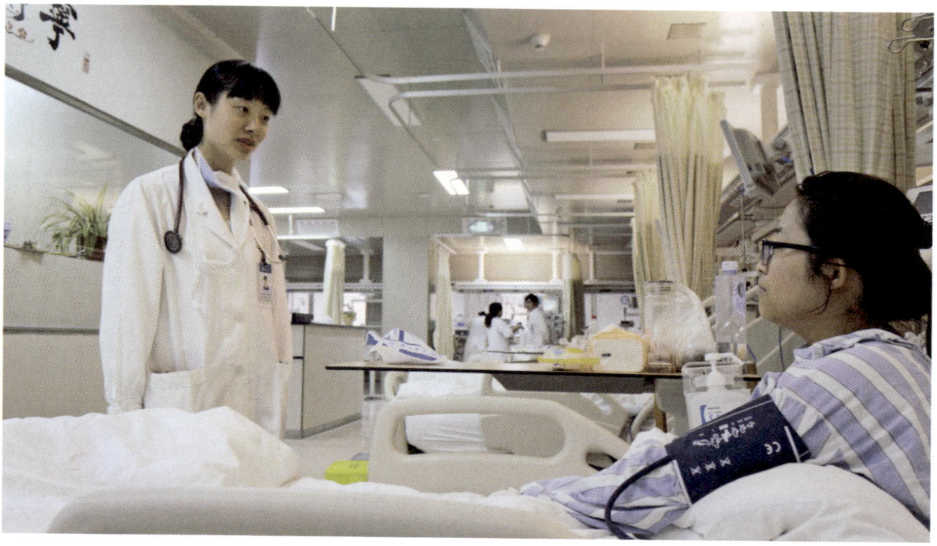

等待了一上午的李娜也有点坐不住了

术医生说就可以了。”

而就在两人聊天的时候，一直等在监护室的门外的李千军夫妇更是焦虑万分。和李娜的“一点点紧张”相比，反倒是他们的心情更加不安。

视线再次回到手术室内。葛均波的表情再一次回到了无奈时的苦笑。“哎呀，同志们，谁能告诉我，现在该走哪一边，过哪一个支呢?”和上一次一样，他的求助依然没有得到有效的答案。隔着观察窗看着的专家们都知道，这个手术有多么复杂，究竟该走哪条路，没有一个人能够作出斩钉截铁的判断。

既然没有更好的方法，葛均波还是决定相信自己，舍近求远，尝试最远的一条血管。这或许是最后一条可以尝试的通道，也是留给医生的最后一次机会。

葛均波慢慢地将导丝通入那根最远的血管，然后小心翼翼地一点点往前推，再往前推。不知过了多久，他忽然大声喊道:“唉，这条路好像还行吧!”现场的每一个人都精神一振，在尝试了整整四个小时之后，转机终于出现了!

看到了希望的葛均波重新回到了原本乐观活跃的状态。他一边熟练地操作着导管，一边和助手说:“哦，原来是往这边走，你看，我们原来往那边走了，难怪走不通……好，这边要是能过来的话……啊，这就成了！这样应该就过去了是吧，已经过去了是吧……”手术的最难点被攻克后手术室内原本凝重的气氛也稍稍轻松了些。

葛均波的坚持换来了成功的希望，沿着最远端的最后一根血管，导丝和微导管成功到达了闭塞段的末端，接下来如果能够将闭塞段打通，就可以建立完整的通道。眼见这台马拉松式的手术成功在即，在场的每一个人都心怀期待。然而，就在最后关头，葛均波再次喊了起来:“哦哟哟，哦哟哟，哦哟哟……”

意外又出现了。就在准备穿过闭塞段时，导丝的头端突然打了个结，已经没有力量继续推进了。但是，如果此时将导丝和微导管直接拉出来，又很容易将刚刚走通的血管拉伤。而此时要是损伤了体内的微循环，非但这条好不容易找出来的通路再也找不到了，手术会彻底失败，更有可能会造成患者的术后并发症。这是医生最不愿意看到的。

距离成功只差一步之遥，手术却不得不重新开始。是继续前进，还是选择放弃？如果选择从头再来，还能不能顺利找到刚才的通道？如果不成功，是不是意味着只能放弃？葛均波的身上穿着十几公斤重的铅衣，一只脚踩着 X 光，只靠另一只脚站在手术台边支撑全身的重量。他保持着这样一个姿势，已经整整 5 个多小时了。从头再来的压力，同时考验着他的体力和信心。

葛均波选择了坚持。

就这样，又过了 30 分钟，在葛均波小心翼翼地驾驭下，逆向导丝终于再次成功穿过病变，并进入顺向的指引导管，完整的通道终于建成了！手术室内，每一个手术的参与者都异常振奋，身处观察室的专家们更是喜笑颜开，不约而同地鼓起了掌。每个人都知道，这将成为整场手术的转折点，随着逆向导丝成功进入顺向导管，剩余的手术工作都将变得非常简单。在场的外地专家不禁由衷地赞叹："这一成功是具有历史意义的一步！"

紧接着，随着导丝的推送，两枚支架成功植入。随即，支架打开，血液终于流过了原本堵塞的血管，这台历经波折的手术，在耗时 6 个小时后，终获成功！

葛均波如释重负地走出手术室，观摩手术的专家纷纷向他涌来，握手道贺；吴伟被推出了手术室，得知手术成功消息的家人们，脸上乐开了花。而就在这一片欢乐的海洋中，医生们心中紧绷着的弦却并没有放松。他们都没有忘记，今天的手术仍没有结束，还有一场难度更大、风险更高的手术在等待着他们。

经过重新消毒和准备后，等待了多时的李娜终于被推进了手术室。

与吴伟相比，李娜的手术更加复杂，危险性也更大。她左冠的两根血管完全闭塞，唯一的一根可以供血的右冠血管也闭塞了百分之九十，而手术恰恰先要在这根直径大约 0.1 毫米的通道中进行。这 0.1 毫米的通道既是手术器械能通过的唯一空间，也是保证心脏供血的唯一通道，稍有不慎，手术器械堵住了血液的通行，李娜的心脏便会缺血，瞬间就可能导致猝死。

谈起这场手术的风险，即便是经验老到的葛均波也没有百分百的把握：“手术中，有一个非常风险的事，就是假若在做的过程中心跳停止了，就再也救不回来了。没有可能救回来，因为她的心脏里没有血了。所以说，虽然在做手术之前已经采取了一定的预案，但要说紧张、担心吧，我也是有一点的。”

手术室内，葛均波和同事们再次打起精神，投入第二场手术，尽管大家都做好了准备，但考虑到可能发生的危险，每个人都无法掉以轻心；观察室里，再一次聚满了观摩的专家，他们也清楚这场手术的难度，观看时的心情显然要比上午更加紧张；手术室外，李千军夫妇注视着电子屏幕的每一次变化，这场等待已久的手术，每分每秒都牵动着他们的心，女儿的病情他们十分清楚，手术出现任何意外，他们都将要遭遇致命打击。

出乎各路专家的意料，李娜的手术一开始就异常地顺利。在葛均波的细心操作下，导丝很快就进入了李娜心血管的病变处。大家最担心的心脏停跳没有发生，之前在吴伟的手术中碰到的堵塞物过硬也没有出现，每一个步骤都按部就班地进行。然而，就在大家准备庆祝又一台高难度手术成功的时候，一件无论如何大家都想不到，也从未出现在国内外任何手术预案中的意外发生了。

“啊！”上一秒还在细心操作导丝的葛均波突然发出了一声大叫，随即快步走下了手术台。只见他满脸痛苦，右手拇指用力抵住左手无名指的内侧，拼命往后掰。大家这才明白，是葛均波的左手手指抽筋了。

所谓抽筋，严格的说法应该是肌肉痉挛。睡眠不足、过于疲劳，或是局部神经受到压迫，都有可能会导致抽筋。在篮球、足球等对抗激烈的竞技比赛的最后时刻，经常会发生球员因体力透支而引发抽筋的情况。在今天的心导管手术中，葛均波的左手时刻需要固定、控制导管，手指长时间处于高度紧张的状态，终于在最后时刻，手指肌肉向身体提出了“抗议”。

“唉，太累了，实在太累了!”看到葛均波痛苦的表情，现场的医生们不由感叹。观察窗外的专家们也不由得担心起来——因疲劳而导致的抽筋一旦发生，如果不马上休息，反而继续工作，那么抽筋极有可能再度发生。双手是手术医师最重要的武器，手指亮起了“红灯”，葛均波能坚持把这台手术做完吗?

简单的反向按压并没能使抽筋症状得到缓解。经验丰富的护士赶紧上前，脱掉葛均波受伤那只手的手套，用更大的力气帮他掰扯手指。身边的医生也赶忙准备热水，打算帮他热敷。手指抽筋的疼痛加上外力掰扯的疼痛，疼得葛均波几乎流下了眼泪。但即便如此，他却丝毫没有退出手术的打算。他深知，在这个关键时刻，他和他的心导管手术技术，是不可或缺的。

很快，葛均波便重新回到了手术台。两分钟的紧急处理只

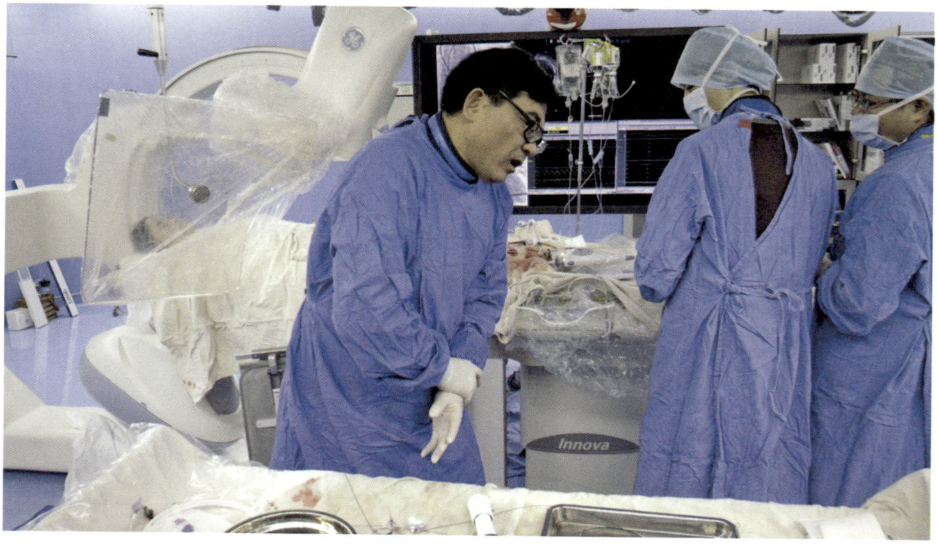

葛均波突然痛苦地离开了手术台

能暂时缓解他的疼痛，伴随着一次次推送支架的动作，葛均波仍然能明显地感觉到手背部的不适感。但是此时，手术已经接近成功，他强忍着受伤的疼痛继续施术，希望能够在自己的极限到来之前，安全地完成手术。

但天不遂人愿。刚过了两分钟，葛均波的手指再一次抽筋，他不得不再次离开手术台。

第二次的抽筋比第一次更加剧烈。但即便如此，葛均波仍旧不打算放弃手术。他坚定地望着手术台上的显示屏，下定决心，一定要把只有他能够完成的工作完成。“当时，我还是在想，这个小孩子的手术既然做了，我们还得把它做下来。更何况，外面还有这么多人在看着，看我到底怎么把这个病例做成。等到我把逆向导丝拉到体外化了，这样后面的事情就好办了，就只剩下放支架了。接下来，我让方主任替我就可以了。”

终于，在葛均波的指挥下，支架顺利地在血管中撑起，李娜的手术成功了！掌声再一次在观察室里响起，现场一众专家的脸上无一不露出了欣慰且钦佩的笑容。

对于这场手术，葛均波本人也是非常满意。“我们想让她像正常人一样生活，生活质量提高一点。但在手术前，这是不可能的事情。她心脏的三根血管，两根完全堵掉了，一根百分之九十的狭窄。她只要稍微一上楼，就会心衰、心绞痛。通过手术，我们一下子就把两个问题都解决了，最起码她能像正常人一样生活了。”

葛均波亲自把李娜推出手术室，然后把推床靠在走道一边，细心地将轮子固定住，以免病床意外移动。随后，他又像是慈父一般叮嘱着李娜术后的注意事项：“你回去后要多喝水，多喝水、多小便。因为我们用的这个造影剂啊，是有毒的。不用造影剂我们看不见你的血管。小便把造影剂排出体外，就好了。”

“谢谢。”懂事的李娜不仅对救命恩人表达了感谢，同时也没忘记关心葛均波的手：“葛院士，您的手还好吗？”

“哦，没事！”虽然面带微笑，但葛均波还是下意识地甩了几下左手。

手术室外，从显示屏上看到了女儿手术成功的信息，李千军和妻子马红章也终于露出了久违的笑容。“我们现在的心情好多了，放松多了。知道女儿已经手术成功了，心里的一块石头也就放下了。非常感谢葛医生，太了不起了！”

对于这个世界上绝大多数人而言，这只是平常的一天。

但对于李娜和吴伟两家而言，这平常的一天，却因为两台手术而变得不平常。

在手术中，既有计划之中的困难，又有意料之外的变故。对患者而言，无论过程如何曲折，手术都让他们摆脱了疾病的纠缠，重新恢复健康；而对医生而言，发生在手术室里的种种突发状况，曾屡次让这两台手术接近放弃的边缘。好在最后，手术成功了。好在这一天，医生、患者、家属，谁都没有放弃。

微创手术，让李娜和吴伟的术后恢复都非常快。他们的生活很快就回到了正轨。

19 岁的李娜，虽然手术的伤口还没有完全养好，手术创口附近的皮肤依旧有些发紫，但他的身体已经发生了明显的转变。她的胸口不疼了，再也不用一直躺在床上。她不仅可以继续弹琴、画画，还可以上下楼梯、蹦蹦跳跳。妈妈高兴地说：“这个月 15 号她便打算回学校上课了，一直憋在家里实在闷得慌，还是早出晚归的校园生活更适合她。”

吴伟本是一个热爱运动的人，因为心脏疾病，他不得不严格控制自己的运动量。而如今，他终于可以畅快地进行各种运动，变回原本的那个“追风少年”了。手术过后没几天，他便在小区的花园里做起了热身运动，接下来，他还打算去做做健身操、跑跑步，打打乒乓球。而这一切，在手术前都是无法想象的。

葛均波，依然在手术室面对着一台台新的手术。对医生而言，每个病例、每台手术都是一场完全不同的战斗，正式打响前医生并没有太多模拟演习的机会。面对无法预知的变局，坚持下去，就是选择医生这个职业必须付出的代价。

“既然你选择做了医生，尤其是心脏科的医生，那你就必须救死扶伤，必须敬畏生命。这不光是一种责任，也是你的义务。”葛均波说。

是的。在医院，所有的一切都和敬畏生命有关。每天清晨，等候的病人早早地排起了长队，当记者与病人站在一起时，看到的是一双双渴望摆脱病魔的眼神；而当摄像机镜头转向医生时，记录下的同样是一个个早出晚归的身影，一张张疲惫而又专注的脸庞。

每一个来到医院的病人都希望顺利地把病看好。但治病却并不总是那么一帆风顺。病人会因为排队人多、候诊时间长、挂不到号而烦躁；会因为医生太少、病人太多、看病时间太短而不满；会因为做了检查、吃了药、做了手术却没能把病完全

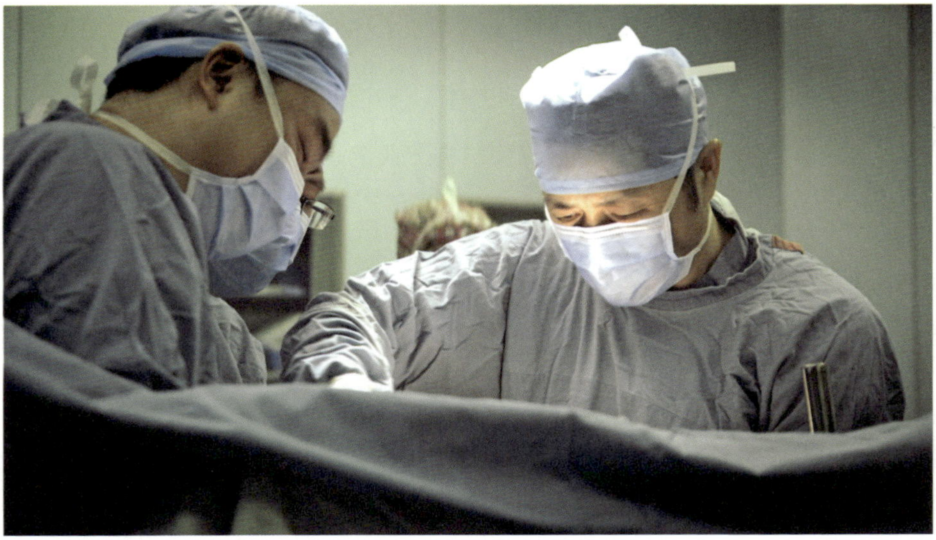

坚持，才有希望

看好而愤怒……

社会的浮躁，令医患之间的关系，总是忽好忽坏，忽近忽远。

医生，承载着患者“妙手回春”的渴望，但面对着的却难免是现实中“无力回天”的窘境，现实永远会相对落后于人们的期待。即便现代医学已经创造了无数的奇迹，但医生终究不是神仙，人类对很多疾病的认识依然相当肤浅。

或许每一个病人，终究都会被时间带走，或许再伟大的医生最后也难免会输给时间。但无论对医生还是患者而言，哪怕很多无奈我们永远也无法回避。

但至少，我们还可以选择坚持。

作为医生，坚持在医学道路上不断地求索、坚持对未知领域不断地学习，才能问心无愧地面对患者，哪怕有时会被不理解、难免会有不如意；作为患者，坚持对自己的信任，坚持对医生的信任，才能同医生一起和疾病战斗，最后用乐观和坚强来战胜病魔。

坚持，才有希望！

浪潮

在这一集节目里，我们记录了两代医生的成长故事。小医生要一步步成为独当一面的大主任，要有千万个难关要闯；大主任有了地位和荣誉，却仍反复说要小心再小心。做医生就是不断练习、不断精进的过程，这是贯穿一生的功课。

这不单纯是他们的个人故事，也是前赴后继的医学浪潮奔涌不息的历程，是一代又一代的人类与疾病抗争的证明。

人间世

151

“右边的同学看前面，好……大家都看镜头，准备，三……二……一！”

2018 年 7 月 2 日上午，上海文化广场的正门口，身着学士服、硕士服、博士服、博导服的师生正在拍摄毕业集体照。在这里，即将举行上海交通大学医学院 2018 届学生的毕业典礼。

正在照相的年轻人们，在医学院里已经学习了 5 年、8 年甚至 10 年以上。在学医的道路上，他们披荆斩棘、栉风沐雨。

过完今天，他们将走出医学院，走进医院；他们的身份也不再是学生，而是医生。虽然只是一字之差，却是对他们多年刻苦学习最大的回报。此时此刻，每个人的眼中都满怀憧憬。

毕业典礼就要正式开始了。

在台上就座的，是上海乃至中国医学界的权威。他们中绝大多数人在医学领域工作了超过 30 年。考验过他们的，不仅仅是医学，还有世事和人心。

1811 名医学生依次上台，从老师手中接过自己的毕业证书。

在老师的领誓下，全体毕业生齐声宣誓，表达了要成为一名合格医务工作者的信心和决心——

“我志愿献身医学，热爱祖国，忠于人民，恪守医德，尊师守纪，刻苦钻研，孜孜不倦，精益求精，全面发展。我决心竭尽全力除人类之病痛，助健康之完美，维护医术的圣洁和荣誉，救死扶伤，不辞艰辛，执着追求，为祖国医药卫生事业的发展和人类身心健康奋斗终生。”

宣誓声久久回响在礼堂上空。每一个人都清楚，这一刻，自己肩上所承受着的是什么样的一副重担。

最后，照例是中国科学院院士、上海交通大学医学院院长陈国强的发言。

每年的毕业典礼，陈院长都会在这里为毕业生送去美好的临别祝福；而对现场的学子来说，这也是他们在交大医学院聆听的最后一堂课。今年，他的发言题目叫作《我的忧虑与期待》。

“我忧虑，优秀的你们是否心中唯有自我，甚至唯我独尊？我忧虑，聪明的你们是否在‘刷存在感’中失去独立，丧失自我？我忧虑，任性的你们是否能够在漫漫行医路中坚守前行？我忧虑，强大的你们能否在前行的路上，做到表里如一？”

这四点担忧，不仅仅是陈国强对在座千余名医学院毕业生未来的担忧，更是对当下成千上万年轻医生现状的担忧。

“你们即将驾着小船驶入社会这潭深海，从医学生成长为‘小’医生。但是，这个社会有太多诱惑可能让你迷失，有太多荆棘可能阻你前行。我担心，你们是否会因为压力、因为年轻医生并不体面的待遇，因为社会上种种的误解，而放弃当初的誓言，不再坚守？”

钱逸维，上海交通大学医学院 2018 届博士毕业生。刚刚取得博士学位的她即将踏上工作岗位。但在正式成为一名专科医生前，她还要进行为期两年的住院医师规范化培训，接受更为严苛的临床轮转训练——通过在医院各个科室间的临床实践，巩固在学校学得的知识，并将之转换为实际的工作技能。

今天，是钱逸维成为基地住院医生的第一天，轮转的第一站，就是瑞金医院北院神经内科教学基地。新人新气象，她特地领了件崭新的白大褂。

在神经内科办公室，钱逸维见到了自己的带教医生——方嵘。

“师姐好！”钱逸维朝气满满地与前辈打招呼，顺便介绍自己的情况，“这边是我轮转的第一个科，我在大学里是纯科研，临床都没有‘滚’过。”

“没关系，慢慢来吧！反正前面两天，我们先熟悉一下。”单从容貌上看，方嵘并没有比钱逸维年长多少。但在这片岗位上，动作干练的她显然已经是一个前辈了。

考虑到钱逸维的情况，方嵘并没有一下子布置太多的任务，只是让她慢慢熟悉科室情况，参与病床的管理。

“第一天，特别懵。内心是崩溃的。关键我不是个熟练工，要是个熟练工也就算了，不熟练，肯定幺蛾子满天飞。”

就这样，年轻医生兵荒马乱的日子开始了。

作为七个床位的管床医生，钱逸维先要去和各个床位的病人打招呼，了解他们的基本病情、性格喜好、用药情况。一旦患者发生状况，她需要及时作出应急处理。主任医师查房的时候，她必须陪同在旁，认真记录。

由于不懂“规矩”，第一次查房，钱逸维就大大咧咧地站在了主任医师的位置上，幸亏有其他医生提醒，才没在全体科室医生面前丢人。在查房过程中，主任时不时会出个题目考考她。“引起复视的定位诊断有哪些？”“命名性失语和感觉性失语的中枢在哪里？”“命名性语言中枢在哪里？”这些问题，钱逸维在学校里全都学过，但是一站在病床前，答案却都从脑子里溜走了。只能红着脸低着头说：“老师，我答不出……”

“我感觉我很挫。每天都恨不得对老师说，千万不要提问，千万不要提问。但只要主任想问你，一定能问到你答不出来。这让我想到以前上学的时候，每次要考试前我们都会对老师说：老师你给划个重点吧。我们老师说：不划重点。为啥不划重点？你觉得病人会按重点来生病吗？”

书到用时方恨少。在学校时或许我们会觉得自己学到了好多知识；等到了工作岗位才会发现，本应掌握而未曾掌握的知识原来更多。未知世界会以“需求”的形式出现在我们面前，而只有到了工作岗位上，我们才会知道真正的“需求”是什么。

每天，在完成病房里的工作之后，钱逸维会来到瑞金医学模拟中心，对着模拟人练习腰椎穿刺。虽说是模拟练习，但穿刺的步骤却和面对患者时一模一样。

“现在我要对你进行一个腰椎穿刺术，可能会有一点疼，但疼的时候麻烦你不要动，尽可能跟我说好吧？”通过腰椎穿刺，引流出脑脊液，进而做相应的诊断和治疗，这是神经内科医生的基本功。在大学里，钱逸维对着模拟人练习了整整三年。

“你好，我现在要给你注射麻药了，会有一点点痛，但是你不要动，痛的话告诉我……现在我给你进行穿刺，有什么不舒服的及时告诉我，不要动，保持位置。”

在临床前，每一个规培医生都要在模拟人身上进行千百次的训练。这极度枯燥乏味，但几乎是每一个医生成长的必由之路。可是，对于刚入行的小医生来说，真正的挑战，一定是第一次的临床操作。

很快，方嵘医生就给钱逸维布置了腰椎穿刺的任务。

“腰椎穿刺，我知道的，做过的。”

吃完午饭，钱逸维立马开始了腰椎穿刺术的准备工作。十年的学习，一年的实习，钱逸维完成过千百次腰椎穿刺的操作，但第一次在患者身上实施，还是免不了会有点紧张。

这次实践，不是医学院里的学习，也不是实习生的实习。无论成功还是失败，都是每个医生的第一课。

按照医生的要求，病人屈腿侧卧，脊背与床板垂直，躬成虾米状，尽可能暴露棘突，以便于确认穿刺点。钱逸维先在病人的腰椎部位按了一按，然后准备消毒用的棉球，接着戴上手套，准备穿刺。动作看着十分娴熟，丝毫不像是一个新人，但隐藏在口罩背后的紧张神情却是怎样都挥之不去的。

“我有预感，我会穿不出。”钱逸维未战先怯。

“没关系的，穿不出很正常的，不确定因素太多，但是无菌操作一定要严格。”在一旁负责指导的方嵘医生既是在安慰，又是在提醒。

“感觉有点凉对吧，没关系的，是在消毒，好吧，有不舒服的话跟我讲。”钱逸维机械性地说着曾对模拟人说过上千遍的解说词，手指则不断地在患者腰椎处按压，寻找穿刺的准确位置。然而，尝试了好几次，小钱医生依然没有确定，该把针扎在哪里。“有点……摸不准……”小钱仰头深深地叹了一口气，继续寻找穿刺的位置。

医学上的操作，在流程上要符合科学的规范，而实际操作又讲究手艺人一般的手感。而手感的培养，是千百次的实践才能形成的。比如腰椎穿刺，如何让刺针顺利穿过皮肤，避开脊椎骨，穿过韧带与硬脊膜，靠的都是微妙的手感。

在钱逸维身后，方嵘认真地观察着她的每一个动作，一旦发现问题，就立刻给出指示：“稍微把针头倾斜一点，有一定的角度容易穿出来。嗯……深度没到。碰到骨头了是吧？”

“对……”手感不好，小钱医生的刺针碰到了骨头，怎么都刺不进去。通常，医生完成腰椎穿刺术只需要 5 分钟，而钱逸维已经做了 8 分钟。此刻，她的额上布满了汗珠。

突然，患者的身体抽动了一下，显然是痛了。方嵘医生一看情况不对，赶紧戴上手套上前帮忙。终于，在方医生的操作下，透明的脑脊液顺利流了出来。可小钱医生今天的亮相，失败了。

“唉，一世英名啊！”第一次做穿刺，就碰上了电视台的采访，偏偏还失败了。觉得脸上无光的钱逸维推着小车快步回到了办公室。然而，面对摄像机镜头，她依然想要表现得自然一些：“没事，人生就是不断地练习，再弄就是了！”

嘴上虽然这么说，可心里这道槛儿实在跨不过去。方嵘赶忙上前安慰：“我第一次做腰椎穿刺，是在总院做实习医生的时候。那天我面对的那个病人，他竟然直接指着我的鼻子骂我！其实我已经很努力了，他让我的热情受到了很大的打击。回到办公室我就哭了。当天我就跟我家人讲，我不想做医生了。怎么做得这么委屈。但是那天晚上，我想了一个晚上，当初我选择做医生是为了什么？是为了治病救人，是为了治更多的病人。”

但钱逸维说：“可是你想啊，那次是那个人骂你，你没有错；这次，我觉得是我做得不好，他本来可以得到更好的诊治，你懂吗？”

“我觉得很正常啊，你说你什么都做好了，那你不就跟我一样了吗，不就跟主任一样了。我们一开始都是会犯错误的，那个时候我们进临床的时候……”在方嵘这个过来人看来，小钱所经历的小小挫折是每个新人在成长中必定会经历的。

是的。伟大的人并非生来就伟大，而是在成长的过程中不断变得伟大。技艺精湛的医生也并非从学校毕业就技艺精湛，而是在一次又一次失败与成功交错的实践中磨砺出了精湛的技艺。

在距离瑞金医院北院 30 公里远的复旦大学附属肿瘤医院，

剧组和钱逸维合影

157

胰腺外科主任虞先濬刚刚看完上午的门诊，他在食堂打了份盒饭，回到办公室里抓紧时间吃。他今年 48 岁，无论是年龄还是技术，都处于外科医生最成熟的黄金期。谈起成长这个话题，他似乎有着说不尽的故事。

“我第一次在急诊，第一次看到抢救室里病人因抢救无效而死亡，家属悲痛欲绝。我也跟着哭。我这么大个男人啊，忍不住的。我第一次开胆囊，就碰到胆漏。打开肚子三千毫升胆汁，我当时腿都软了，差点一屁股坐在地上。我第一次碰到患者大出血，出血出得根本就止不住，我手上拿着缝合的针，手就在不停地发抖，缝都缝不上去。”说到激动之处，虞先濬拿筷子的手也模仿着当时的情形，抖动了起来。

“一个优秀的医生，都是有很多的经验和教训。光有经验没有教训可能吗？教训就是病人付出的代价。所以要感谢他们。但同时，除了你的同情心以外，你要加上你的专业性，不要死了人你都没有长进，这个才是医生的悲哀！”

吃完午饭，没有一分钟的休息，虞先濬立刻回到了诊室。这就是一名医生的日常。诊室里，一个女儿带着生了肿瘤的父亲从黑龙江赶来看病。之前，这位女儿反复交代虞先濬不要告诉父亲真相。怕自己的父亲接受不了。但接下来，虞先濬显然没有按照套路去走。

“你自己得了什么病你知道吗？你觉得是大病还是小病？”看过 X 光片，虞先濬的提问让这位父亲有些不知所措。

“我觉得是大病”这位父亲怯生生地回答。

“为什么呢？”虞先濬朝边上的女儿看了一眼。“他们好像很恐慌的样子。刚才你姑娘在门口拦着我，叫我不能跟你说实话。你觉得我该说实话吧？”虞先濬又问。

女儿赶忙把头转向屋外。父亲回答：“得说实话。”

“对！很长时间，病人和家属是互相在欺骗。你想一想，从哈尔滨飞两千公里到上海，一个简单的胆的疾病会来吗？你自己也说长了个瘤子，瘤子是好东西还是坏东西?”虞先濬第三次发问。“那怎么能是好东西?不可能是好东西。”病人斩钉截铁地回答。

“你错了!上海男人都很小气嘛?不一定，像我这种上海男人就很好!瘤子不一定是坏东西。你这个东西我看过片子了，我个人觉得这个东西不像坏东西，所以是好事儿!”他拍拍病人的大腿，继续说，“不要听风就是雨。您老人家还没这个本事一定能生癌，听明白这个意思吧?好，到外面去让他们办手续吧。”

一番气势逼人的话语让病人的心放下了一半。就在大家纷纷散去的时候，虞先濬突然抓住了患者大女儿的胳膊:“来来来，你过来，我跟她说两句。大家稍微给我们点空间，我跟她说两句私人的话。”随即，他压低声音，凑在患者女儿的耳际说道:“病房里都是病人，病房里的病人毛病都和他一样的。你要硬给说他没病，那就是瞎瞒。这个东西要尽快开刀，癌细胞刚刚侵犯血管，再久一点血管裹住就开不掉了。这个东西不是个好东西，要尽快!你只能这样瞒着他，你得告诉他这有个东西要拿掉。不能瞎瞒说没病，这是乱搞，听懂了吗?不要害怕!”

在诊室里，虞先濬既要做医学上的判断，也要做人情的判断，这是一名成熟医生的标志。

面对心有疑虑的患者，他会这样说:“正因为我觉得你有机会我才会老老实实跟你说。你这个肿瘤这么大，多少人会拒绝你。能够给病人承担责任的医生才是好医生，这句话对吧?有一种做法叫不作为，规避一下不就好了，我一定要给你开吗?不作为永远不会犯错的呀!”患者与家属连连点头。

面对和患者家属发生矛盾的年轻医生，他会对医生说:“百分之九十九的病人是来求医的，是来看病的，不是来闹事的!你们也要理解，有时候呢，这里要排队那里要排队，然后病人跑累了，又不舒服了，他儿子就开始血气方刚地顶上去了……然后呢，他一吵你马上就认为他是个坏人，从此以后就越搞越僵。”患者、家属与年轻医生连连点头。

所有这些都是为了让患者相信医生，树立信心。可是，医生的年资越高，需要承担的责任也就越重，面临的挑战也就越大。

用血紧张一直是考验虞先濬的一个难题。

16 床的病人是胰腺癌患者，需要做全胰腺切除。胰腺位于人体深处，器官很小，手术难度极高，而且，胰腺肿瘤侵犯到了门静脉，术中极有可能大出血。看着病人的 X 光片，虞先濬面露难色："你这个有点困难。你这个血管现在是侵犯的，这个如果切掉的话是要换血管的，现在血库的血很紧张……关键还是要有血，有血我们还是有能力的，好吧！"通常而言，胰腺外科手术用血量在 300 到 400 毫升之间。可是这位患者要做全胰腺切除，需要准备 1000 多毫升的血。如果备血不足，一旦术中出现大出血，病人很可能死在手术台上。

来到手术室，虞先濬又听到了更糟糕的坏消息。其他做手术的医生告诉他，今天胰腺外科原本有 6 台手术，但 5 台因为没血必须改期。虞先濬苦笑了一声："那还怎么玩？"没办法，虞先濬只能脱下刚刚穿上的手术服，去找血库想想办法。

"你们知道吗，我们现在面临的问题，一个组一星期是 6 台手术。6 台手术 3 台被你们停掉了。那床位就没办法周转了，病人收不进来啊！"刚在血库办公室坐下，虞先濬就念起了"苦经"。

"这就是一对矛盾啊！"检验科主任郭琳回答道，"现在就是没血，一天十个单位的血液都不能保证，你想想，这么大一个医院啊！"

"现在不是说献血量在上升嘛？还是因为上海用血太多了？"虞先濬不依不饶，决定打破砂锅问到底。"基本没有上升。龙头开得大了，但输却没有输进去的……"郭琳回答。

经过协调，血库为 16 床的手术准备了 8 个单位，一共 1600 毫升的血。16 床的手术用血有保障了。

预判风险，然后提前将做好准备工作，把风险降至最低，这是虞先濬多年的从医经验。“你看，最后一个好的外科医生，他不一定是那个水平最高的，但一定是那个最小心最认真的，而且是越做越小心、越做胆子越小。”随之，他高高举起四根手指，“四个字——如履薄冰。”

3 月 14 日，16 床的全胰腺切除手术如期进行。

腹腔刚打开，医生们就吃了一惊。病人胰腺周围都是曲张的血管。操作失之毫厘就会引发出血。虞先濬指挥助手们不要慌张，小心操作。然而，即便如此，在切除肿瘤的时候，出血还是不可避免地出现了。

虞先濬立刻嘱咐助手联系血站：“你先和血站打个招呼，招呼打在前头，说现在台上出血出得很猛，这点血不够的。如果拿不到血的话，病人要死在台上的。而且，你和他说我们现在手术做到一半，下不来的。”

另一方面，他又尽全力地控制病人的出血量，并嘱咐边上的护士“血压拉得住就不要输，撑到实在不行再输，就只有这么点血。”血液如此宝贵，只能用在万不得已的关头。

这台手术关键的地方，就是处理门静脉。和先前预判的一样，肿瘤侵犯到了门静脉，要想切掉肿瘤，先要将这一段门静脉切除掉，并用人工血管代替。门静脉负责收集腹腔消化系统的血液，然后回流到肝脏。假如人工血管无法尽快接好，血液就无法从肠道回流到肝脏，就会导致病人肠道淤血，肝部供血不足。

当手术进展到这一步时，虞先濬的指令明显急促了起来。

“剪刀给我，快快快！动作要快！人造血管！肝素水！现在每一分钟都很宝贵，你们知道吧！”

时间一分一秒地流逝，手术台上的手就像是施加了加速魔法一般，在病人腹腔内快速操作着。终于在 8 分钟后，人工血管接好了。

解决了手术中的关键问题，虞先濬又变回了原先爽朗活跃的风格。“这个手关键吧？就靠你这个手了，没你这个手，病人的血就放任自流了！”

“门脉给我搞定，哈哈，那就是由得我高兴咯！”

“血压拉得住吗？输血输了几个单位？两个？好，麻醉水平高！”

“怎么样，近哥？只有这样做，不然的话，血出得连你自己都不认识自己。”

在一阵谈笑风生的表扬中，胰腺肿瘤被全部切除。更重要的是，手术总共只用了两个单位的血，省下的血，又可以给别的病人使用了。

谈起对手术的感受，虞先濬这样总结：“我有一个体会，万事架不住喜欢。一个人如果喜欢做一件事情，他一定会做好。我很喜欢做医生，尤其喜欢做外科医生。一开刀我就非常高兴，我很喜欢做这件事。有时候很累，风险很大，血出得一塌糊涂，心慌得不得了……但是一旦搞定以后，回来这个满足啊，我很满足，这个就是喜欢。”

两天后，16 床病人苏醒，各项生理指标稳定。虞先濬去查房的时候，病人伸出大拇指向他表示感谢。“醒过来了，管子也拔掉了，全部都恢复了，太好了，太好了！”面对镜头，虞先濬一脸满足地说：“这个就是我们所谓的成就感。就觉得自己这个工作是不能用钱去计算的。享受这个心理满足吧！心理比较满足。”

虞先濬在一次又一次完美的手术中享受着心理的满足，而钱逸维却仍在一次又一次的主任提问中如履薄冰。

“TIA 的定义怎么说？”“供应小脑的有几根血管？”这一回，小钱又被问得哑口无言。他下定决心，回家看书，下周无论如何都要答出主任的提问。

谁都想体验治病救人的荣耀。可在这之前，年轻医生需要不断学习，需要做好每一件琐碎的工作。给病人做检查、做测试，为病人联系 B 超、插胃管，协助病人康复训练……刚开始的时候，大家靠的都是热情。但往往，热情最容易被打击。

钱逸维负责的 50 床病人外展神经麻痹，看东西都是重影。这个病很难医治，病人辗转看了两家医院都没有好转，他很着急。于是，每天他都要找钱逸维发发牢骚："我进来也是这个样子，出院也是这个样子，你说呢？进来眼睛看不清，出去还是看不清。"

49 床的病人肌肉神经元受损，肌肉在不可逆地持续萎缩，治疗的效果非常有限，并且，不可能完全康复。家属失去了耐心，便向医生抱怨。"13 天了，13 天一点都没有反应。治不好的话你早跟我说，我们就不治了，我们回家！"

这就是医生的日常工作。治病救人的初心总会碰到医学的边界，甚至病人的误解。对于刚刚入行的年轻医生来说，这极易挫伤他们对待工作的热情。钱逸维对自己的选择产生了怀疑。"我也在思考，当初这个专业选得……就是很不明智你知道吧！病人他进来就是这样，出去还是这样，这就让你觉得……不是很开心。"

医生总是希望尽己所能地帮助病人，然而在这过程中总免不了碰到遗憾。但医学的进步，正是在这样不断的探索中发生的。

这天晚上，一位急性脑梗死病人被家属送到了瑞金医院北院。晚上 9 点的时候还一切正常，没想到突然就从电瓶车上摔了下来，不能动了。对于这样突发性脑梗死病人，如果能在 4 到 5 个小时之内接受溶栓治疗，超过 30% 的患者会康复或部分康复。而一旦错过这个时间窗，患者将会错过溶栓治疗的最佳时机，有可能出现失语、偏瘫甚至死亡。

在获得了家属的同意后，方嵘、钱逸维立刻推着患者转入神经内科病房，准备进行溶栓治疗。接下来，有一连串复杂而烦琐的工作需要钱逸维配合方嵘完成。查看化验报告单、打印交叉配血单、调配溶栓注射液……时间不等人，小钱必须加快速度，用最短的时间完成准备工作。

万事俱备，溶栓开始。接下来的 3 个小时，钱逸维每隔 15 分钟就要记录病人的各项生命体征和 NIHSS 评分，以观察溶栓的效果。这是最基础的工作，也是最关键的工作。

时间一点一点过去，病人的情况忽好忽坏。他的语言不能、左侧凝视麻痹等症状仍然存在。根据钱逸维统计的评分看，溶栓并没有起到明显的改善效果，他随时有严重瘫痪甚至危及生命的可能。

这时，瑞金医院北院神经外科的医生也已经做好手术取栓的准备。手术取栓是一种血管内的介入治疗。通过手术将导管送入血栓所在位置，再将血栓取出体外。这种做法的效果比溶栓更加直接，但可能会造成脑出血，风险要比溶栓更大一些。通常只有在静脉用药无法有效溶栓的情况下，才会考虑使用。

“这栓子很大的时候，就直接考虑手术取栓，对吧？”在神经外科医生向家属进行手术说明的同时，钱逸维也在边上旁听，碰到有疑问的地方，就小声向身边的方嵘请教。

患者家属签下了手术同意书，手术准备即刻启动。为了救人，瑞金医院北院神经内科、神经外科、影像科、麻醉科、急诊科和总院神经外科都被调动了起来。

手术室里，神经外科的医生们正在为病人手术取栓，一墙之隔的观察室里，钱逸维和方嵘也在认真地观察、记录着手术的进程。“紧密合作，众志成城！”这是小钱对此情此景做出的最贴切的形容。

电脑显示屏显示着病人大脑血管造影，可以清晰看到，血栓堵在左侧大脑中动脉 M1 段。小钱医生赶紧拿出手机，打算把这难得一见的画面拍下来。“酷，太酷了，这个太酷了！”经验丰富的方嵘顺势对她说：“这种脑梗你见过了，以后那种一般的脑梗就无所谓了。”“嗯嗯！”钱逸维发自内心地回应。

很快，血栓便从病人的大脑中取了出来，手术顺利，没有发生脑出血的意外。透过屏幕上的血管造影，可以很明显地观察到，大脑中动脉 M1 段端疏通后，血流恢复得很快。“今天这场手术是成功的吧？你怎么看？”钱逸维又问方嵘。“至少得等他醒过来，人一天天都好起来，我觉得才能算是真正成功吧。”方嵘回答。钱逸维若有所思：“真要能平安出院就好了。嗯，真的很酷！”

离开手术室，病人再次回到了神经内科病房。接下来，小钱医生需要守在监护室里照看病人，不断地和他说话，刺激他的肢体，做简单的记录。两个小时后，病人的身体开始有反应了。

“到目前为止，他比之前是要好一些了。之前他的右手是一点都不能动的，刚刚我看了下，已经可以动了。”方嵘正在向家属说明情况。“谢谢谢谢，真是辛苦你了！”家属们不断地向医生道谢。

钱逸维很清楚，病人的感谢给的是上级医生，而她只是做了些琐碎的工作。但起码，今天，她目睹了什么是治病救人。她一定也感受到了某种成就感。

“今天，应该算是我人生意义上第一个夜班。年轻的时候经历得越多，等到高年资的时候，你就会更有底气，更有预判，更有信心。不然谈何专业性呢？毕竟医学还是靠经验的，在书上看一万遍溶栓，都不知道来了个病人该怎么办。反正我也觉得他们都特别厉害，就我挺挫的……但是所有的医生都是这么成长起来的。”钱逸维似乎在一夜之间成长了许多。

这样的夜晚，应该是所有医生都经历过的。在他们刚刚从医的时候，在这样的夜晚，见识到了医学的伟大，看到了医生的光环。

再次回到肿瘤医院。

虞先濬所在的胰腺外科发展很快，不断有外地同行来这里取经学习。这天，虞先濬正带领内蒙古肿瘤医院的领导、专家参观胰腺外科办公区。“我们这个科是 2010 年引进的，我们是从华山医院过来的，刚来的时候整个科室才三个人。你说怎么立足呢，你凭什么立足呢？要有干货！你一定要在肿瘤研究上面，成为专家。中国的就是世界的，特色的就是杰出的。你说我说的这个话对吧？”虞主任的话底气十足，专家们听了连连点头。

现在，肿瘤医院的胰腺外科已经拥有 46 名医务人员，70 张床位。在过去的一年他们做了 1000 例胰腺肿瘤的手术，这个数量与其他科室相比相当可观。

“我们平均一个月做 100 台手术，出院病人 1000 人次。这些人都是大家做出来的，病史写写就很辛苦。那么他们为什么要做得那么累？其实就是要做事！”谈起自己的团队，虞先濬的骄傲之情溢于言表。

在手术室里，虞先濬是一个典型的工作狂。过去一年间，他做了整整 300 多台手术。按他的说法，这叫“五加二、白加黑”——五个工作日加两个休息日，白天加黑夜。而他也是真正践行到这一点的人。

这天，他来到手术室，发现手术已经被其他医生“抢”走了，轮不着他做。可他依旧不肯罢休：“要不，我帮你把黏膜剥掉吧。你不让我上手术台我要生气的，你们现在一天到晚不让我做手术，最好都你们自己做……”他一边嘟囔，一边跑去消毒台洗手消毒。

“我们这些人啊，你问我有什么爱好，也没什么爱好；会干什么，除了开刀其他的也不会干。你白天不让我干这个，我干什么呢？对吧！不开刀很难受，你知道吗？不开刀会生病的！”对着摄像机，虞先濬半开玩笑又半认真地说。

除了是一名医生，虞先濬还是胰腺外科的科室主任。他的职责不仅仅是开好每一个刀，救活每一个人，他同样需要管理好团队，培养出人才。

每天，胰腺外科都要开会。今天会议的主题大致有以下三点：

第一，医生要进步。“我算是一个总带教，然后是近哥、亮哥和辰哥，然后每一个大组到小组、下面的带教到住院的医生和研究生，每个人每年要进步。你不能不进步，躺在那里说，我反正千年老主治、千年老副高，我不要升职称了。不可以不要升的！我要求你们每年发一篇文章，你们要升职称，你们要晋升，要能招研究生，学生要有产出……最后一切荣誉归这个团队。同样，对个人来说，这个是安身立命之法，从此就能站稳脚跟了。否则你怎么算是个大人呢？怎么自立门户呢？”

第二，团队要打破平衡。“阶层不能固化的，阶层固化就没有活力了。既不能够完全论资排辈，也不能够靠天吃饭，所以组与组之间一定要有竞争。平衡是一定要被打破的，否则就是死水一潭，就永远大家变成排排坐分果果，这是不行的。”

第三，大家都是宝贝。“我讲句心里话，培养一个临床医生多么不容易。没有 15 年，怎么可能培养出一个优秀而合格的胰腺外科医生啊？不可能的！你们每个人都是宝贝，所以我才会把你们管得这么紧。”

开会时，虞先濬的嗓门儿很大，说到激动之处还会敲一敲桌子。在场的医生都听得很认真，因为每一句话都是与他们自身紧密相关。

对于虞先濬的管理风格，年轻的轮转医师鹿语这样评价：“虞老师他会帮每一个年轻医生都安排好，后面该怎么发展。只有这样才能让一个科室有竞争力，才能发展下去。如果连虞老师都松垮下来，我们这个科肯定是平平庸庸的。”

而虞先濬的授业恩师、胰腺外科荣誉主任倪泉兴更能理解弟子的苦心：“我们那些小的医生，苦是蛮苦的。老是挨骂。虞先濬以前也要挨骂的。他老是说，倪老师你为什么不表扬我？我从来不批评那些我根本对他没希望的人。批评那些有希望的人，让他不要翘尾巴，让他知道自己还有不足，才有希望。”

而除了医生、主任的身份，虞先濬第三个重要的头衔是博士生导师。他同样承担着教育、培养下一代的职责。在复旦医学院的毕业典礼上，他应邀作为导师代表上台致辞，告诉和钱逸维一样即将从校园走向医院的年轻学子们，怎样才能成为一个合格的医生。

“医生不好做，环境在某些方面对我们可能会有各种各样过高的要求。但大家要学会坚持。你们受了这么多的教育，自己花了这么多的精力，在这条路上，我们治病救人，大爱无疆，其实很高尚。不要被一些暂时的挫折吓倒了。即便是我，在最近阶段，还是会受到挫折。要坚持，坚持一下就过去了，磨炼一下就更好了。最后，成功一定会属于你们！”

在瑞金医院北院，屡屡受挫的钱逸维仍然在坚持。

神经内科病房的墙上，挂着一块漂亮的“医患家园”黑板报。板报上贴着许多医生与患者的合影。照片中的患者们有的已经出院，有的依然在接受治疗，但他们对医生发自内心的感谢都是真真切切、实实在在的。板报另一边，贴着那句在医学界无人不晓的特鲁多医生的墓志铭——“有时是治愈，常常是安慰，总是去帮助。”对于神经内科而言，这三句话显得尤为真切。

经过 15 天精心护理，那位急性脑梗死的病人终于可以出院了。

开好出院单，钱逸维送家属走出病房。此刻，家属也通过镜头表达了对医生的感谢：“这些医生他们都很辛苦的，那天夜里忙了一个通宵，我们家属忙，他们也忙，整整一个晚上。谢谢你啊！”对小钱医生而言，这一声感谢比什么都来得珍贵。这应该就是做医生的“成就感”。

然而，钱逸维并没有多少时间享受这份成就感。紧接着，她就要第二次尝试腰椎穿刺手术了。上一次的失败，是她来到瑞金医院北院后遭受的第一次重大挫败，经过这段时间的磨炼，不知道她的技术、她的经验、她的勇气、她的自信是否有所增强呢？

利多卡因、针筒、手套、胶带……钱逸维把全部用具放上推车，跟着带教医生一起走向病房。上次失败后，钱逸维反复在人体模型上练习穿刺的手感。这次，她一定要成功。“我今天感觉还可以。”从说话的口气判断，小钱医生比第一次穿刺时更有底气了。

同样，病人屈腿侧卧，双手抱住膝盖，躬成虾米状；同样，钱逸维戴上手套，给病人消毒，用手指寻找穿刺点的位置；然后，为病人注射麻药，将穿刺针扎进后背，寻找细微的“手感”……钱逸维的操作与上次并无不同，但明显比第一次更加淡定从容。

“再往里进一点，如果可以进再进一点。慢慢地，不要太猛。你最好是两个手扶着，对，一点点进。”边上的方嵘医生似乎比小钱还要紧张，她不断地给出提示，帮助钱逸维及时做出微调。几分钟后，清亮的脑脊液流了出来，所有的人都如释重负，钱逸维的第二次腰椎穿刺成功了！

回到办公室，面对其他医生的表扬，钱逸维显得有些不好意思。她深知，这一次的成功，离不开带教老师的全程指导，更少不了病人患者的理解体谅。“病人是很理解我们的，我在病人身上做一次、两次的尝试，大家都没有怨言。医生的培养不仅仅是医学院的培养，说大一点，也是人民的培养。”这些时日的成功与失败，感动与沮丧，欢笑与泪水，让她越来越明白自己和一个合格的医生之间还有着多大的距离，而自己又该如何一步一步地缩短这个距离。“以前，我们老师问我，你科研做不好，你又能干啥？我说，老师我能看病。现在才发现，我还是太年轻了。”

今后，出现在钱逸维面前的，绝不只是腰椎穿刺这样的挑战。她需要去尝试一次又一次的治疗，拯救一个又一个病人。她可能会成为大教授、大专家，她可能会攻克一个个疑难杂症，但她应该不会忘记，在她刚开始从医的时候，发生的所有事情。

受中国抗癌协会委托，复旦大学附属肿瘤医院牵头执笔编写了 2018 年版本的中国《胰腺癌综合诊治指南》，这对胰腺癌的诊治是一个指导性的文本。而编写这份《指南》对一个医院而言，则是临床治疗和科研实力的综合体现。下个月，《指南》就将在上海发布。

《指南》的发布，不只是大家欢聚一堂、喝彩鼓掌，更是一场医学界的交流盛会。作为肿瘤医院胰腺外科主任，虞先濬在《指南》的编写过程中承担了重要的任务，同样，他还要在即将召开的发布会上承担更多琐碎的会务工作。

刚刚结束《指南》定稿会上的发言，虞先濬立刻回到科室里给团队开动员会。“这个指南的推出，是这一次 CSPAC（中国胰腺癌多学科高峰论坛）会议周六早上的重头戏，所以对每个人来说，珍惜平台，珍惜机会，然后闪亮登场。”另外，虞先濬还要求年轻医生们借着会议的契机结交同行、宣传团队，“交友很重要！一传十、十传百，这样就能把我们这个团队的影响力扩散出去了。”

事无巨细，这位科室主任都要协调解决。

“方方面面要协调，琐碎得一塌糊涂的事情。你看，就刚才开会这点时间，41 条微信，就这么一点时间。你说我图个什么？是为我自己吗？我现在早就已经身不由己了！对上，要对倪老师负责吧？我们‘老板’（硕士、博士研究生对导师的昵称）把我培养到今天的位置，我不能给他丢人。对下属，如果我不拼命往前走，我后面的医生们该怎么办？”

周六，《胰腺癌综合诊治指南（2018 版）》发布仪式的现场，坐在台下的有来自全国各大医院癌症治疗领域的权威、专家，也有来自全国各大媒体的记者、摄像。在现场音乐与司仪的邀请声中，虞先濬作为发布会主持人闪亮登场。

“非常感谢各位专家远道而来。时隔十年，这一次在我们荣誉主任委员赵玉沛院士、主任委员王春友教授以及我们倪老师的共同倡议和带动指导下，由全国 45 位专家经过多轮修改，最后在上海定稿，那么借此次 CSPAC 2018 年会的契机，隆重推出该指南……”虞先濬的发言没有讲稿，每一句话都是他从业二十多年所积累的经验与自信。

1994 年，医学生毕业，随后从实习医生、主治医生、主任医生一路走来，站上今天这个舞台，虞先濬用了整整 25 年的时间。作为一名知识、能力、经验、体力兼具的胰腺外科专家，此刻的他仿佛就是他人眼中“站在职业生涯巅峰”的人。然而，即便如此，他却依然没有停下前进的脚步。

“我现在变化很大，头发全都花白了，白头发很多。但是，不要奢望可以休息。没有事做是不可能的，事只会越来越多，只要你还想往前走。”他还想继续往前走，是因为他还有未完成的梦想与希望。“我坚信这样一句话——人是要有点精神和有点追求的。而我的追求，就是在胰腺领域，让全世界都认可的《NCCN 指南》（美国国立综合癌症网络发布的恶性肿瘤临床实践指南）上有我们中国的一个框，而且是在渐进路线上，不是在讨论了。要让全世界的专家一说起就知道，这是我们中国做出的临床研究。我觉得这是很有意义的一件事情。”

会议结束，组委会组织大家拍摄集体照留念。恩师倪泉兴特地为虞先濬系上了领带。这是一个美好的传承，一个崭新的开始。看着身边这些生气勃勃的“接班人”，倪老感慨良深：“看看我们的队伍，是怎么从几个人开始慢慢发展起来的。再过 20 年、40 年以后，这帮子人又会去了哪里。不要忘记这个队伍是怎么来的，不要忘记这个战斗的历程。”

“一、二、三，茄子！”全体胰腺外科医生在希波克拉底誓言下合影留念。崇高的誓言说：“我愿尽余之能力与判断力所及，遵守为病家谋利益之信条，并检束一切堕落和害人行为……我愿以此纯洁与神圣之精神，终身执行我职务。”

从会议现场回到医院办公室，虞先濬依旧沉浸在刚才的兴奋与感动之中。这不禁让他回忆起了二十年前的自己。“年轻的时候，真是雄心万丈。觉得自己一定要把胰腺肿瘤攻克！那个时候决心很大，结果和这个肿瘤搏斗了将近二十年，发现路还很遥远，我们仍然在努力。但我真的很期待，在我们的学生里面，能够涌现出几位真正的医学科学家，来推动整个学科，乃至更大一些，推动整个健康领域，人类幸福的发展。这不是希望，他们一定会超过我们。时代在进步，长江后浪一定是推前浪，一代更比一代强！”

任何事业的未来都在年轻人的身上。他们现在或许依旧稚嫩，依旧无法独立完成一个最简单的手术，但只要肯坚持、只要肯吃苦，只要能发自内心地热爱患者、热爱自己的事业，只要愿意穷尽自己的一生朝那座最高的山峰攀登，他们一定能够成为了不起的医生！

过了一个半月，钱逸维管的病人陆续都康复出院了。临别之际，病人们喜极而泣，既是对恢复健康的喜悦，也是对长时间关心、帮助自己的医生们的感激。

而钱逸维也结束了她在瑞金医院北院的轮转。接下来的一年半时间，她还将在其他科室轮转学习。只有经受住了瑞金医院一层层严苛的考验，她才有可能成为一名真正的医生。

被问及今后的人生规划，钱逸维说："我当然希望以后可以成为一个很好的神经科医生，尽可能地挽救患者的生命，保证病人的生活质量和生命健康。我也希望我也可以通过我的努力，让更多的病得到诊断，更多的病得到治疗。但这个过程真的好难啊。我爸爸也是医生，医师节的时候他还给了我 1000 块钱。我说不用拿你的钱，我马上就能拿工资了。我爸说不是的，你的第一个医师节，这是老医生对小医生的祝福。"

在这一集节目里，我们记录了两代医生的成长故事。小医生要一步步成为独当一面的大主任，要有千万个难关要闯；大主任有了地位和荣誉，却仍反复说要小心再小心。做医生就是不断练习、不断精进的过程，这是贯穿一生的功课。

《人间世》第二季拍摄了很多医生的故事。我们记录了他们的不易，他们的失败，他们被误解，也看到了他们的努力和光环。这不单纯是他们的个人故事，也是前赴后继的医学浪潮奔涌不息的历程，是一代又一代的人类与疾病抗争的证明。

《人间世》有幸记录下这一切，向医生致敬！

重建医患信任 媒体堪当桥梁

李泓冰

矛盾总是存在，但冲突不应该是医患关系的常态。媒体要成为社会理性的沟通桥梁，让信任复苏，让医患始终站在同一战壕。

上海瑞金医院急诊室医生发现，向急难病症家属做解释容易了。这是 10 集纪录片《人间世》火遍网络的善果。

8 个摄制组长达两年的投入，在各家医院通宵达旦“蹲守式采访”，让一些记者累得“丢了半条命”。忘我投入的深度调查，与死神赛跑的紧凑情节，贴身观察并如实呈现，换来了这部由上海广播电视台和上海市卫计委联合策划的纪实作品最珍贵的收获——医患之间信任关系的点滴复苏。

信任，首先源于理解。医生是专业性极强的职业。一纸充满专业术语与符号的处方笺，一扇让病患家属可望难推的手术室大门，让医者似乎充满神秘的力量，但实际上他们常常力有不逮。《人间世》实录了救治成功的喜悦与家属的感激，更未回避挽救失败的悲伤故事。每一例失败之前，都有医护人员豁出命来不眠不休、用尽一切医疗手段去抢救的场景。“在有些疾病面前，真的感觉我们医生是渺小的”，医生的无力与家属的悲痛，其实同样深重。镜头跟拍了 48 小时没有合眼的医生，抢救了三位病人，两位转危为安。迎接他的，有破涕为笑的家属，也有家属挥来的拳头；镜头也跟拍着医生耗尽心力抢救危重病患，生的希望似乎清晰之际，死神却疯狂来袭……

中国的医生，有时候不得不背负整个医疗体制长期积累的历史欠账。他们不光要承受医术有限而带来的无力感，还要承受医疗资源稀缺导致的超负荷疲惫，承受医疗体制改革滞后带来的医药不分、医不如药的失衡感，以及职业尊严遭污名化的尴尬。而近年来，暴力伤医事件层出不穷，每年都多达几十起，令人心寒的是，类似事件的网络评价中，指责医生“自作自受”的言论甚至盖过了同情理解。

在世界范围，医生的社会地位和经济地位双高，让优秀学子趋之若鹜，这一行当也往往代际相传。中国从前亦颇多悬壶世家。然而，据中国医师协会此前的调查，近年来，不愿子女报考医学院校的医生比例在不断上升。夜班住院医师难觅，儿科医生匮乏，医学院录取分数线下降，在一些地方成为现实。

冰释尖锐对立的医患关系，媒体至关重要。这些年，有的媒体为吸引眼球，热衷炒作甚至编造医患关系的极端事件。像所谓安徽男子手术中“右肾被偷”，医学摄片表明是因病萎缩消失；深圳儿童医院建议一病婴做造瘘手术，费用 10 万元，另一医院只开 0.8 元的药便缓解症状，媒体急忙以“八毛门”报道，遂物议沸腾，最终剧情反转，开方八毛钱药的医院，也做出需动大手术的诊断……

医药卫生报道，需要一些相关专业素养，更需要一点济世之心。病情纷繁复杂，记者不宜偏听偏信，轻下判断，抢发所谓大新闻。在这个方面，上海电视人用不偏不倚的视角，让公众的视线穿透医患之间的厚重门墙，看到医护人员拼尽全力与死神赛跑、挽留生命的不懈努力。这样的努力，比医生被砍杀之后的声讨更有力量。

矛盾总是存在，但冲突不应该是医患关系的常态。我们需要更多如《人间世》这般基于社会理性的沟通桥梁，才能为理解搭脉，让信任复苏，让医患始终站在同一战壕，携手迎击共同的敌人——疾病。

来源：《人民日报》2016 年 6 月 29 日

《人间世》带来的启示

王子墨

坦然接受医学的“无力回天”，是一个社会心态成熟的标志。心态的成熟建立在机制的完善之上，完善的机制能保障医学对生命的终极裁判，而不会在半途上被“黄牛的加塞、虚假广告的蒙蔽”等偶发情况打断。

2016 年，医疗纪录片《人间世》引发了不小的轰动。在这部 10 集的纪录片里，呈现了重症抢救、器官捐献、临终关怀、年轻妈妈的抗癌日记等直面生死悲欢的细节。这部纪录片并没有着力刻画皆大欢喜的医疗奇迹，而是坦然地展示了医疗的“失败”：医生尽力了，却也无能为力。

“偶尔治愈，常常帮助，总是安慰。”美国医生特鲁多的名言早已闻名遐迩。医学固然可以妙手回春，但面对生死有命，很多时候也无力回天。当患者带着对生的渴望，却碰上了医疗的瓶颈，会造成巨大的期待落差。而当落差因为知识壁垒或是情绪失控而指向了医生，往往会造成本该结成利益共同体的医患之间对立紧张。2013 年震动全国的温岭袭医案即是一例，即便手术成功，却没有医疗办法缓解患者鼻腔的不适感，导致患者以为医院造假，最后酿成血案。

生命的长度，一定程度上取决于医疗水平的度量衡。但医学更像是个无尽的征程，在这条道路上，恐怕没人知道我们已到达哪一步、前路有多长，只能凭常识感到现有的医学水平，尚不足以让我们解脱贯穿人类数千年历史的生死之忧。

纪录片《人间世》就淋漓地展示了这种无奈，但当中依然可以看到影响医患关系的机制因素。据编导介绍，他在拍摄之前也为挂号难所苦，但拍摄之后才明白症结在于医疗资源紧缺：2016 年 7 月 4 日到 10 日，瑞金医院仅内分泌科 4 间诊室就接诊 3692 人——平均每个诊室每天要接诊 131 人，每个诊室上午和下午都只有一位医生。另一场景里，医生与患者起了一点小冲突，原因在于患者问医生医保的额度，而各省情况有别，医生也不知道，由此发生龃龉。

坦然接受医学的“无力回天”，是一个社会心态成熟的标志。心态的成熟建立在机制的完善之上，完善的机制能保障医学对生命的终极裁判，而不会在半途上被黄牛的加塞、虚假广告的蒙蔽等偶发情况打断。改革所要秉持的方向，就是要不断地提升医学在诊治过程中的权重，用制度把病人托到医生面前，康复与否尽可能地交由医学，而非挂号、床位等其他因素。当这些改到位，患者才可能真正坦然地接受医学的无力。

近段时间，医疗领域改革的步伐明显加快。国家发改委等四部委发布《推进医疗服务价格改革的意见》，明确基本理顺医疗服务比价关系；国家互联网信息办公室发布《互联网信息搜索服务管理规定》，其中规范了医疗、药品、保健品等搜索信息；人社部将研究制定高校、公立医院不纳入编制管理后的人事管理衔接办法，完善医疗人才流动机制，促进岗位公平……不断的改革，是改善医患关系的一剂良方，《人间世》所倡导的医患之间沟通体谅，会寻求到更加坚实的落点。

改革步步推进，可以打破制度性障碍，却未必可以打破医学水平的天花板，依然不能推导出医学万能的结果。但机制到位，可以让医学尽其所能，即便最后“无力回天”，也可以让患者坦然接受。为实现这一目标，全社会还需要同心协力。

来源：《光明日报》2016 年 8 月 4 日

用理性医媒互动引导良性医患关系

王彤

世界那么大，我想去看看。但我们眼里看到的是真实的世界吗？世界那么大，人的一双眼睛哪能看得过来！从某种角度讲，我们所看到的世界大多是媒体在帮人们传播、报道、解读，或美好，或阴暗……媒体的立场已深刻地影响人们看待事物的立场。

要医患信任，首先要医媒信任

今天，医患关系紧张的原因比较复杂，这其中，也有个别媒体缺乏职业操守，炒作甚至编造新闻的因素。曾几何时，“八毛门”“缝肛门”“右肾门”甚嚣尘上，“妖魔化医生”的文章屡见网络，不断冲击着国人的眼球，刺激着医者的神经，成为医患矛盾加剧、关系恶化的推手。

2016 年，国内首部深度调查医学纪录片《人间世》开播。这部由上海电视台和上海市卫计委历时两年、联合上海 20 多家医疗机构拍摄的片子，以真实呈现、深度解剖、理性思考、人文关怀的手法，还原本来，一扫笼罩在医患关系上的阴霾，滋润了无数医生和患者的心田，让人们看到了久违的人间真情，对重塑良好的医患关系增添了信心。它直面生死、直视问题、直击人心，戳中医患关系和社会的痛点，触碰到了每一个人内心最柔软的地方，引发全社会对生命、医学和医患关系的关注，达到了理性与感性的统一，开创了医学类传播报道的新模式。

《人间世》播出后，好评如潮，迅速成为“网红”:《人民日报》刊发评论文章，中央电视台《新闻联播》报道，《中国青年报》《南方周末》深度报道，每集的收看人次达数千万，豆瓣网评分 9.8，《文汇报》记者两篇报道在网上的阅读量都突破 100 万 +，成为真正打通“官方舆论场”和“民间舆论场”的一部力作!

谈及国内医患关系，有两个具有标志性意义的事件：一是温岭杀医案，震动高层，惊醒世人，一个无辜医生用生命的代价换来社会痛定思痛，国内涉医舆情触底反弹，由此出现拐点，理性声音更多呈现；二是以《人间世》《急诊室故事》等为代表的医学纪实节目的摄制，还原了医疗行业的生态，传递了医患间的正能量，促使社会各界对医患关系进行反思，加深了公众对生命的敬畏，对医学的尊重和对医务人员的理解。

《人间世》现象给和谐医患关系的构建带来了启迪：**影响公众看世界的是媒体，影响公众科学认识、理性面对医学风险性、局限性的是媒体。从某种意义上说，医媒的良性互动是构建良好医患关系的基础。**医患信任比黄金还要宝贵，要医患信任，首先要医媒信任。**一段时间以来，医学界被个别媒体不负责任的报道搞怕了，看到媒体退避三舍。**《人间世》的成功，**除了媒体从业者的专业水准和出色工作外，也源自上海传媒界和医学界长期以来彼此理解、尊重、包容所换来的信任。只有医者敞开心扉，镜头才能充分呈现。**

媒体医生公众当共建医媒关系

良好的医媒关系需要媒体、医生、公众三方共同作用，缺一不可。其中，媒体具有引导作用。医学具有极强的专业性，医生需要长时间、高成本的专业训练，医患信息不可能完全对称。媒体是医患沟通的重要桥梁，可以帮助公众了解医学的高技术性和复杂性，引导社会的合理预期；可以提示公众，即使遇到医疗纠纷，也能通过第三方医调委和司法渠道理性解决，切不可诉之以伤医、医闹等极端方式；对医患纠纷的报道，要恪守新闻职业道德，严谨慎重，不能为抢发新闻而丧失应有的客观、公正和尺度。

医生对构建医媒关系具有关键作用。医生由于医学专业训练和临床实践的因素，养成了办事说话内敛、有所保留的风格，哪怕受到公众、媒体的误解，也往往抱着息事宁人的态度，不愿意多理论。这种医患沟通上的被动，不利于医生形象和医患关系的维护。在移动互联网和社交媒体时代，医院、医生要改变思维定式，积极主动地向社会说明医学的纷繁复杂、救治的艰辛紧张，“拉下口罩，拿起话筒”，通过新闻媒体和微博、微信等及时发声，用科学、专业和理性的力量增信释疑，引导涉医话题。医生还要乐于多做医学科普，拉近医患之间的距离，打破医学的神秘感。

公众在医媒关系中也极其重要。如果公众具有一定的科学素养与媒体素养，能够了解医学的风险、局限与无奈，即使有偏激的报道，也会理性看待。“洪荒少女”傅园慧的爆红提示我们，一个受众生成新闻的时代即将来临，社交媒体的作用将越来越大。一些公众科学素养、文明素养较高的国家和地区，鲜闻有伤医案发生。《人间世》在网络上热播后，我们看到了无数网民真切、温暖、质朴的评论、跟帖，留下了一句句感人至深的话语，这是网民理性与真情的表达，汇聚成网络空间强大的正能量。

媒体、医生、公众对医媒关系的建设都责无旁贷，因为和谐医患关系的受益者，不是哪一个方面，而是全社会。让我们用理性的医媒关系共同构建良性的医患关系。

“天亮之前，我会等待。”一部《人间世》，给了我们更多信心！

（作者为中国医师协会人文医学专委会副主委、复旦大学健康传播研究所学术委员会委员）

来源：《文汇报》2016 年 8 月 19 日

一部纪录片和它的生死问答

陈薇

一部由上海市卫生与计划生育委员会、上海广播电视台合作拍摄的十集医疗类新闻纪实片《人间世》，和以往看到的医院故事有些不同。第一集开篇，就是两位年轻病人“不治”的案例——32 岁的急性心衰病人朱建峰和 24 岁的海鲜中毒病人邹磊。一共 5 个案例，其中 3 个案例中的患者最终不治。

这一集取名为《救命》，有人开玩笑说，救命就是很难救命；第二集《理解》，记录了急救车不被理解，舍近求远、周转不畅的现实。10 集的片子里，有很多意想不到的故事，比如一位做试管婴儿失败的失独母亲，一台被迫中止的手术，一位手术做了 9 小时、直到手抽筋的院士，一位怀孕了被查出癌症的准妈妈……

片子刚播出，就引起不小社会反响，相应的微博微信阅读量也很快攀至十万多。

“我们不想做非黑即白的报道，不写非黑即白的人生，而是想展示黑白之间的灰度。”《人间世》总导演周全对《中国新闻周刊》说。起初，他们担心是不是呈现了太多人生的残酷、生命的痛苦。然而，“人性的光辉是很奇怪的，当你遭遇困境的时候，当生命遭遇悬崖的时候，才会看到生命力的存在”。

他们更希望，通过观察医院这个社会矛盾集中体现的标本，反映社会变革时期，和谐医患关系如何艰难前行，通过换位思考和善意的表达，去展现一个真实的人间世态。

医院主动提出拍摄医学局限性

上海市卫生与计划生育委员会新闻宣传处处长王彤告诉《中国新闻周刊》，这部纪录片能够在上海拍摄并完成，绝非偶然。

在此之前，另两部医疗纪录片《急诊室故事》《来吧，孩子》都是他们与电视台深度合作的产品，反响不错。上海医疗水平走在全国前列，三大健康指标连续多年居世界发达国家和地区水平。

表现出“医学不总是妙手回春、不总是人定胜天”的想法，其实是医院自己提出来的。 周全记得，早在 2014 年，在上海市卫生与计划生育委员会召集的 22 家医院协调会上，一些医院的院长、党委书记说，能不能通过纪录片客观反映一下，尽管现代医学发展很快，但还是有局限性，有可为和不可为。

周全深以为然。他们与上海卫计委很快达成共识。“医生们长期戴口罩，现在，我们要拉下口罩、拿起话筒。”

他们一直希望做实证类报道，要体验、蹲点、沉浸入某一个领域，做长时间观察，回归到社会记录的本原。为此，他们拟定了不少体验对象：社区居委会、街道派出所，甚至是一家深夜酒吧。记者团队，来自上海广播电视台融媒体中心下属的深度报道团队，共四人，每人另外配两名助理编导，此前他们曾完成 315 打假、食品安全黑幕等报道。

“拍摄无禁区，播出要沟通”，双方确立了合作原则。电视台想好了“理解”“希望”等几个关键词，但没有预设立场，更不知道将会拍到什么。上海卫计委则为此片成立了医学伦理委员会和医学专业委员会，就片中案例审看、把关。

从 2015 年初起，记者们穿着白大褂，像见习医生一样蹲守各大医院，做前期调研。“前 3 个月，完全没有办法跟医生讲话。他说专业术语，还夹杂着英文单词，我们都不懂，只能像小学生一样从头学起。”记者董路翔说。

有一次，他在手术室里围观。临走时碰了一下主刀医生，告诉他自己要走了。不料医生立刻僵住不动，说“我脏了”。董路翔当时没有概念，医生的无菌环境会被自己的一个指头破坏掉。

在瑞金医院心脏外科重症监护室，赵强主任对于记者秦博的到来没什么避讳，依旧像往常一样工作。医疗小组开会，赵强照常批评某位医生：“你不能光看病人目前的病情，他后来的预症你想到了吗？这样方案是不是正确的？”说着说着，意识到记者秦博就在旁边，赵强便稍稍收敛一点儿。

还有一次，赵强查房时和病人聊天，旁边一个小箱子从输液架子上突然掉了下来。他当场发了脾气，直接在现场把护士叫过来追责：“这个东西是要放到中间的，是谁让你放到这边的？是谁？”

这段指责护士的画面出现在了纪录片中。赵强，这位做完手术要喝可乐、雷厉风行的医生，在秦博的镜头下显示出了真性情的日常状态。他为秦博讲解人工心脏泵的工作原理，还在复杂、困难的手术之前，主动叫上秦博。他的微信签名是，“每天都要开心”，与别人的“开心”不同，他的“开心”是指“开心脏的手术”。

“赵强医生有一个特点，他只关心自己的专业，别的不是不关心，是他想不到。”起初担心医生对媒体有所保留、利用专业知识屏蔽记者的秦博，最终在瑞金医院拍摄完成了大部分素材。

慢慢地，医生们接纳了记者的存在。有一次拍摄肾移植手术，两名医生周佩军和王祥慧，不约而同在手术快完成时，提醒秦博说，最珍贵的礼物在病床下面。秦博挺纳闷，往下一看，是病人的尿袋子——有尿液，说明新的肾脏开始正常运作了。医生捧着带着血水的尿液袋，像个孩子般开心地笑，还直接指挥摄像，说“赶紧拍特写、赶紧拍特写”。

由秦博制作的第一集《救命》，5 位病人中有 3 位在手术中去世。医生开玩笑说电视台太“狠”，拍摄的二三十个案例中，成功的几乎都没用。瑞金医院领导也很担心，主题和立意能理解，但毕竟以失败病例为主的纪录片从未出现过，观众是否能够接受这样一家大医院的“失败”呢？

最敏感的还是医务处。处理医患关系多了，医务处几乎养成了一种惯性，十分注重基层医生的操作标准。审看时，医务处希望删掉一个几乎是一闪而过的镜头——一位护士，戴的口罩一边没有遮住鼻孔，而是滑落到嘴唇上方。院方担心，这个镜头可能引起争议。

一边在解禁，同时在设防。纪录片的调研与拍摄持续了一两年，过了 2015 年、2016 年两年元旦还没拍完。一位关系熟的医生开着玩笑问秦博：“你们准备拍多久啊？快赶上我们住院医师 3 年大轮岗了。”

“现在人还胜不了天”

“我只知道你工作是挺累的，但是没想到还要受这么多委屈！”看过纪录片后，妈妈这样对车在前说。车在前，瑞金医院急诊科副主任医师，是第一集《救命》主人公之一。片中，他被一位病人家属掐住了脖子。

病人因心力衰竭转入外科重症监护室。车在前正值班时，几位家属闯了进来，说要看看。那时已是晚上 7 点多，过了每天下午 4 点到 5 点的探视时间，按规定不允许。不料，一位家属直接上前，掐住了他的脖子。

从医 12 年，他是第二次碰到类似状况。“可能我还没有遇到过特别大的挫折。”他开玩笑说这是自己坚持至今的原因。但是，工作强度与心理压力确实令人心疼。

3 台手机，24 小时开着。早晨的闹钟一长串，从 5 点 50 分起，每隔 5 分钟设定一个。工作这么多年，假期加起来不超过 10 天。每 6 天白班后，会接着值一个晚班，从晚 7 点到早 7 点。记者秦博甚至拍到他连续值班 48 小时的场景。

他在朋友圈中看到一个段子，“如何做到既熬夜又不伤身体?”点开后的回答只有 2 个字，“没有”。医生朋友们纷纷在下面留言，“态度很诚恳”“用词准确”……即使不熬夜值班，他也曾在凌晨睡梦中接到病房打来的求援电话。

急诊，最难的一个是“急”，一个是“诊”。急在时间紧急。心梗救治时间 12 个小时，脑梗到溶栓 4 个半小时，胸痛中心从接诊至病人血管开通时间是国际标准黄金救治的 90 分钟。真正留给急诊科医生的时间并不多。

“有时候我们就像破案一样。”车在前告诉《中国新闻周刊》。他举例说，一位女士因肚痛入院，可能是妇产科的宫外孕，可能是外科的阑尾炎，可能是内科的酮症酸中毒，也可能是重金属中毒，甚至还可能是一种代谢性疾病卟啉病——他们都遇到过。

腹痛还有可能是急性心梗的症状之一。他知道有一位病人看腹痛，去扫 CT 时死亡，最后证实是心梗。

如果把与疾病的较量比做一场战役，车在前医生是会胜利的。一位患有胰腺炎合并肾衰的病人，通常死亡率在百分之八九十的，却在住院一百多天后即将出院；吃了毒蘑菇的一家三口，死亡率高达百分之九十五的，有一位已经治愈……“对于治疗过的一些危重病人，我们就会对他的名字很有印象，在我们的记忆中像进入史册一样。”车在前说。

然而，还有一句医学名言是“有时去治愈，常常去帮助，总是去安慰”。在一些疾病面前，车在前也常常感到无能为力。纪录片中，24 岁的患者邹磊因海鲜中毒而在抢救，家属问他：“还有没有希望了?”

车在前回答：**“扛啊。我们也是在死扛这件事儿。”**

事后，记者问他，是不是说得太狠了？车在前回答他：“我说的是实话啊。

我总归要跟大家讲实话的。”

“救该救的人，救能救过来的人。有些病人没救过来，但起码给了家属一个接受的过程。这是一个挑战，不努力的话，一点机会都没有；努力过了，没白费，就可以接受。”车在前已然淡定。

他记得一句话，人这一辈子都要排队走向火葬场。而医生的职责就是，防止有些人插队。 如果说有遗憾，一些“插队”没能被防止，一些可逆性疾病没能抢救过来。

他还记得另一位病人，因休克、血压低而入院，基本判定是感染，但是还没来得及彻底搞清楚病因，4 个小时后便去世了。这让他有点堵得慌，“这场仗，我们还没有来得及施展自己的才能，战争就已经结束了。”

纪录片中，海鲜中毒的邹磊最终没能抢救回来。中秋节时，车在前意外收到家属短信：“临床有各种风险存在，现实也很残酷。现在他已入土为安，我们也会逐步调整过来，一切都会好起来的。祝愿您和 ICU 全体医护人员工作顺利，中秋快乐！”

他非常感慨。邹磊这位病人，他一直记得很清楚。他也在反思，是不是哪些地方还没有做到，“也许当时应该给他安排一次家属会面交谈吧？”

对生死坦然，并不意味着放弃努力

记者董路翔，在拍摄进行到三四个月之时，莫名地觉得全身不舒服。他去做了个全身检查，肠镜胃镜都看了个遍。他蹲守的医院，是上海市闸北区临汾社区卫生服务中心临终关怀病房。2015 年，这个国内首家社区临终关怀科室，开出了 135 张死亡医学证明书。

他曾遇到一位三十多岁的年轻女性，因癌症住院。第一次见面，她坐在病床上，告诉小董自己身上疼。第二次，她躺下了，不过还能说话。第三次，不省人事。董路翔与她见面不过三次，一个星期就走了——这让 1988 年出生的年轻记者董路翔很不能接受。

病房医生黑子明则淡定得多。在他看来，每个人都应该接受生死教育。他曾是神经内科医生，2012 年参加上海全科医师规范化培训毕业后被分配过来，至今已握过几百位临终老人的双手。

黑子明要为临终病人减轻痛苦、缓解症状，不让他们因疾病之外的原因去世。仅仅疼痛一项，如果是肿瘤引起的颅内高压，要结合脱水、降低压力的药。一些骨转移的疼痛，单纯用止痛药也不行，还要增加骨治疗药物，或者非甾体消炎药。

多数时候，他还要抚慰病人们的精神痛苦。有的病人完全没有睡眠，精神煎熬，身体却疲倦；有的病人有抑郁倾向，希望不要再折腾，早点离开这世界。有老人想回老房子看看，有孩子想去人民广场看鸽子。与一般医院不同，这里都会准假。

他记得一位病人，预计生存期只剩一周。病人最后的愿望，是去南京长江大桥看一看。医生们允许了。事后，病人妻子说，丈夫特别开心，一边呕吐一边看大桥，回去后精神状态很好，离世时还是笑着的。

“科学越先进，对人的感情就会觉得越冷漠、越无助。”黑子明告诉《中国新闻周刊》。他曾在三甲医院学习，看到癌症中晚期病人们因医院不愿收治，被判定为没有治疗价值，不得不打起背包回家时，好奇地问教授，他们将来会怎么办。教授也无法回答。

他的成就感，来自病人的亲身感受，而不是必然死亡的结果。当老人们离开，他会想成是一位老朋友离开了，但在生命最后路口，自己是曾经帮助过他们的人。这是另一种形式的、有尊严的送别。

不论是黑子明，还是车在前，医生们这种对于生死的坦然，会被认为是“麻木”与“冷漠”。记者秦博曾被一位病患提醒，“哎呀，我觉得你这个人挺不错的，但是你在医院待的时间长了，可千万别麻木了。”

秦博起初还这么提醒自己，但他后来发现，这种“麻木”是必然的，因为医生很难再对日常工作一惊一乍；但是，“麻木”其实是打引号的，“因为医生知道自己最该做的是什么，保持热情还是最重要的”。

在心脏外科重症监护室，秦博记录下了一位 34 岁病人朱剑辉的抢救过程。病人突发细菌性心肌炎、极度心衰，状况紧急到来不及上手术台，布帘子一拉，医生和护士就在监护室的病床上准备开胸手术。

当时，三个医生轮番心肺复苏，两个医生在大腿做静脉管。床头医生按十下停一下，床尾医生就趁这短暂的间隙在病人大腿割一刀做插管，动作反复交替。不料，床尾医生突然大叫一声：“不行了，不行了，主动脉瘪掉了，我管子插不进去。”连手术条件都不具备，这位病人最终去世。

“那一次，我能感觉到整个团队非常沮丧。”秦博说。下班后，医生们第一次提出要去蒸桑拿，休息一下。一路上，有医生说病人急诊来得太晚；还有医生埋怨病人 6 岁时做的心脏手术是在哪家医院做的，发现瓣膜不全怎么不补上或者安上人工瓣膜。还有的医生分析，器材准备如果再快一点，如果早个几秒钟，也许就好了呢？

对生死坦然，并不意味着放弃努力与希望。**“我最看重的是这些医生身上的理想主义。尽管医患关系很紧张，尽管这个社会可能没有变得特别好，但是这不妨碍我冒着风险去救人——这是两回事儿。”**秦博告诉《中国新闻周刊》，接触了多次抢救之后，他觉得，面对病人濒死，医生是一定想着把病人捞回来的，“有时候甚至比病人家属还纯粹”。

所有人需要面对的，是人类终极问题

“我们不是不救，是已经救过了，没办法了。他已经百分之百脑死亡了，还让他躺在这里，有什么意义呢？我们要面对现实……”2016 年 6 月 30 日下午，上海瑞金医院急诊科主任毛恩强面对着三位病人家属，苦口婆心。

病人 44 岁，患帕金森综合征，10 天前转到 ICU，很快转为脑死亡。然而，家属们无法接受这一切，病人依靠一台呼吸机维持至今。在中国社会，传统的死亡概念仍然是，心跳停止、自主呼吸消失，才算死亡。

实际上，中国死亡标准二元并立，脑死亡标准在医学界的接受度越来越高。我国通过了脑死亡标准，但没有就“如何认定死亡”立法。因此，“家属没有让我们拔掉呼吸器，我们就不能拔掉呼吸机，在这里压着，等着家属来接受这件事”，这位脑死亡 10 天的病人，最近让车在前医生比较纠结。

《人间世》里，记录了一个器官捐献案例。一对父母，在获知 24 岁的儿子脑死亡后，忍着剧痛，捐献出了儿子的两个肾脏、一个肝脏、肺脏和两个眼角膜。另外，还有一颗被浪费的心脏。因为没有绿色通道，深夜上海没有民航航班，心脏无法在 4 小时内到达北京。

事实上，这个案例曾被建议不要播出。2015 年被称为我国“器官捐献元年”，然而还有很长的路要走。比如，器官捐献通过人体器官获取组织（简称 OPO）来进行，相关信息由 OPO 录入中国人体器官分配与共享计算机系统，根据结果分配。不过，目前主要是肾脏、肝脏，心脏还没有录入。

拍摄越深入，记者们越发现医疗制度、体系的不合理之处。比如，医保，经常有外地病人问医生，这个手术能报销多少？每个省的报销制度不一样，还随时变化，一线医生很难摸清楚。患者不满、医生无奈，误会由此产生。

其实，误会无处不在。有一次，病人手术后，麻药劲儿还没过。医生跟病人说，张大嘴、深呼吸。不巧，这病人姓张。第二天，医生就被投诉了，原因是给患者起外号。后来，医生就只说“放轻松”。

记者们还拍到了急救车被压床而无法出车。因医院病床饱和，已经没有多余的床位，病人只得在急救床上接受治疗，急救车只能等待。有一个人喝多了，掉进井里摔伤，被急救车送到医院。然而，因为他希望得到赔偿，怎么都不肯从床上下来，急救车只能停在医院门口等着，无法离开。

他们拍到了医疗纠纷，但由于没有得到其中一方的允许，不能呈现事件全貌，放弃了。他们还接触到号贩子、“血头”、医药代表们，但感觉重要性暂时排后，先让医院与公众达成基本共识为好，也没有深入。

“医院与公众之间的裂缝，我在内心深处是深深想去缝合的；但是，媒体又有一个属性是发现矛盾，那么，如果我们发现了矛盾，就有责任把这矛盾的背后呈现得最深刻。”《人间世》总制片人李振宇说，他不希望自己继续成为医患矛盾的推手。

纪录片第一季的成功，让更多医院与他们联系拍摄。公安局、幼儿园也表示了欢迎。他们希望继续拍摄第二季。拍摄了一年多器官捐献案例的记者秦博，和摄像大哥一起去红会登记了器官捐献。另一位记者董路翔，则与临汾社区卫生服务中心的一位医护姑娘结了婚。

“我们不是传播者和布道者，而是观察者和记录者。我们希望通过这部纪录片，让人们回归到比较理性的生死问答。” 不过，总导演周全说自己似乎越来越迷茫，因为最终发现，所有人需要面对的，是一些人类的终极问题。它无限复杂，却又值得我们孜孜求索。

（实习生张池羽对本文亦有贡献）

来源:《中国新闻周刊》2016 年 7 月 14 日总第 764 期

《人间世》：一节「有灰度」的生死课

顾泳 黄杨子

《庄子 · 人间世》，讨论处人与自处的人生态度。穿越数千年，2016 年春夏，10 集医学纪录片《人间世》用一场生死问答，为观众们提出了生命考题。这部豆瓣评分高达 9.7 的纪录片，其意义远不止于“荧屏催泪弹”。主创团队在走访 22 家医院后，用镜头记录下一个个身影：忍着不敢哭，直至签字送终时放声大哭的坚强母亲；迟迟不愿落笔“放弃治疗”的颤抖的双手；失独之后又怀孕失败的母亲……每个身影背后，背负着一个家庭、一段故事、一曲生死绝唱。

《人间世》总制片人李振宇说，在我国，人群普遍缺乏对生命的理解，医生高大全的形象深入人心。然而，医生日常也需要面临许多尽力之后的无奈，医患双方都要学着接受不尽完美的现实。毕竟，在死亡面前人类依旧渺小。《人间世》，便是这样一节“有灰度”的生死课。

“生死问答”，有时过程比结果还重要

主创人员漫长的沉浸式报道，厘清了一条“八九不离十”

的中国式问诊路径：满怀希望寻找医生、挂号环节滋生怨气、拼命对医生讲解诉求、间歇性地怀疑医生直至最终治疗结果出炉……

《人间世》总导演周全表示，治疗结果最终能否被病家所接受，与此前每个环节的医患沟通密切相关。在他看来，医生与患者，两者远不止于医患关系，有时更像传播关系。无论是西医之父希波克拉底说过的，“医生有三宝：语言、药物、手术刀”，还是中医的望闻问切（其中三个重要步骤皆与沟通密不可分），不难发现，中西医的本质，都是医患双方达成一致和妥协的治疗方案。

良好的沟通关系，得以让病家在不完美结果中，看到医者的坚持与努力，最终化解潜在的矛盾与冲突。第三集《人间世 · 团圆》里，讲述了 25 岁男孩离世后，父母在华山医院器官获取组织（“OPO 小组”）的帮助下无私捐献了爱子器官的感人故事。在李振宇眼里，劝说死者家属捐献器官，如此工作真是比登天还难，“亲人才刚离世，你却要提出捐献他 / 她的器官，这该怎么开口?！”然而，OPO 小组的成员们做到了：他们用将心比心的方法，劝服二老作出伟大的抉择——捐献器官、只愿其他家庭不用承受我们的痛苦！“生死问答”给出了掷地有声的回答：生命没有标准答案，但过程可以尽可能地充满呵护与温情。

达成共识：接受医学的不完美

“有时医生拼到了一次机会，也不一定会有好的结果。”镜头前，主刀医生面对失败的手术无可奈何，扯下口罩，用手遮住镜头“别拍了”！

真实的画面想要告诉观众：医学，绝不等同于完美。周全直言，曾有一度，医生形象被刻画得过于完美，这为病家提供了不切实际的需求，“来了就看病、看了就能好，甚至于好了还送钱。《人间世》期望用真实的镜头，记录不被污名化的医生，与不被污名化的病人。”

在我国传统文化中，“报喜不报忧”、回避失败的案例堪称约定俗成。这也潜移默化地导致我国人群普遍缺乏客观、理性的生死观。85 后编导董陆翔、范士广不约而同说到，蹲点拍摄的过程，就像是人生最宝贵的“生死课”。死亡是人生的终极归宿、也是医学的常态。第一集《人间世 · 救命》中，真实的失败案例便如实呈现：沪上心外科名医赵强教授，救治 27 岁的马凡综合征患者小王，特大手术把全身所有的主动脉都换成人工血管，可是术后次日，小王出现了急性肾衰竭，没挺过来。

接受现实、接受悲伤、接受不完美，意义几何？李振宇说，转型期的中国，每个行业都有不为人知的痛苦，只有达成共识，才能共同解决问题。在医患关系上，同样如此。医生、病人双方信息本就不对等，病人“神化”医学或报以消费的心态来看病，对医患关系的缓和乃至对医改的推进，均毫无裨益。《人间世》将真实的社会问题充分展现，并推动社会共识：大家需知道，病人去医院不是消费，医疗也绝不是靠花钱就能治愈康复的服务。

在“灰度”中找寻生的光明

生命力，是一种很容易在日常被忽视的东西，健康人、年轻人往往感受不到，但到了生死交界之时，这种强大的力量最让人为之动容。编导潘德祥说，直至来到医院，才真正意识到：死亡是人生的最终归宿。在医院里，主创团队见证的，不只有面对疾病时的痛苦和悲伤，更有接受现实后，医患双方携手的温情与努力。

周全坦言，医学兼备科学严谨与人文温度，它是如此复杂，以至于无法用“非黑即白”的眼光来审视。呈现出生命的灰度，在灰度中找寻“生的光明”，是为生命真谛。也正因此，生命的坚持与等待，本身就是一种力量。镜头下，医生把备用的血袋放在胸口捂热；病人家属选择在手术日前切苹果，寓意“平平安安”；临终病房里的老人明知生命已倒计时，仍保持幽默……微小的细节，传递出生命的光亮，令无数观众为之动容。

“灰度”更带来多元换位思考。第二集《人间世 · 理解》，120 急救车病人家属舍近求远、要求前往车程达40分钟的医院；终于送抵后，急救人员赶往第二个呼叫“120”的病家，迎面而来的却是劈头盖脸的指责……“每个人的利益都值得维护，但在众多利益面前，又该先维护谁的?”这样的大问号被摆在荧幕前，耐人寻味。主创团队一致认为，“生命有太多的灰度，在灰度中前行，应是我们所追求的方向。”

一部口碑极好的医疗纪录片，或许也无法完全扭转医患关系、公民认知，但起码可以对观众的人生观、生死观有所触动。与医学打交道，能看清生活的真相，更可促进人们沉下心来、思考生而为人应如何过每一天。

来源：解放日报社“上观新闻”(App）2016年9月5日

附：《人间世》第一季工作人员名单

出　品　人：王建军
总　策　划：邬惊雷　宋炯明
总　监　制：诸培璋　王　彤
学术顾问：方秉华　夏　强　奚益群　伍　蓉　潘志刚　吴先正
封启明　陈德芝

总制片人：李振宇
总　导　演：周　全
策　　划：龚纤碧　郑　健
首席编导：秦　博
编　　导：潘德祥　董路翔　黄伊罕　范士广
执行编导：露真华　李　莹　缪　磊　何　悦　夏　天　刘钦博
李作祥　邹　晶
摄　　像：刘桂强　王　毅　吴亮亮　瞿元良　刘　水
执行摄像：孙瑞峰　唱宏浩　高晓涛　郑　建　杨书庆　李文鹏
彭　浩　娄　林
灯　　光：张　勇
音　　乐：翟　松　陈建强
评弹演唱：高博文
解　　说：刘　凝　张大鹏　王　炜　秦　博
制　　片：忻　望　郭文琴
宣　　传：胡任华
制　　作：苏州传视影视传媒股份有限公司
播出监制：曹　旭　陶秋实
监　　制：潘明华　李培红　刘卫华

《人间世》第二季工作人员名单

出 品 人：王建军　高韵斐　黄　红　邬惊雷

总 策 划：宋炯明　郑　锦

总 监 制：诸培璋　陶秋石　王　彤　吴　茜　王磊卿　李　逸

鲍晓群　蔡　征

总制片人：周　全

制 片 人：范士广

总 导 演：秦　博　范士广

导　　演：李　闻　丁　璨　谢抒豪　朱尔雷　缪　言　何梦云

沈　茵　杨依频　段倩倩

总 撰 稿：秦　博　范士广

摄影指导：刘桂强

摄　　像：李文鹏　许伏金　郑　建　何艳飞　崔　嵬　仲崇瑞

高路路　杨　文　彭　浩　蔡廷奕　阙持茂　马凯俊

孙瑞丰　佟茂源　童　晖　赵桂城　唱宏昊　谢　超

张飞飞

剪辑指导：吴　巍

剪　　辑：张亮亮　朱　娜　龚智远　罗金金　沈　瑜　尚　倩

唐琦盛　马　超　陈　杨　丁正亚

音　　乐：B6

特　　效：孙伟中

片名题词：张大春

制　　作：苏州传视影视传媒股份有限公司

融媒体宣推：叶　文　陈　怡　邓爱华　姚　乐　曾瑶婷　冯家琳
周　杰　陈佳雯　祝闻豪　王　珏　余寒静　施　荔
秦　亮　袁依婷　孙美业

编播统筹：饶洁吟　袁航宇
编播协调：周　理　王琦聪
编　　排：尹　颖　黄金喆
宣传片编排：刘　萌　王舒倩　吴子昂
宣传统筹：黄　霞　陈晓晓
宣传经理：倪佳霏　林　晨　廖　静　王　鹃　金　莹
项目总监：程　莹
项目经理：颜玮楠
运营统筹：陈　喆　楼　逸
项目运营：汤琦琳　贾艳文
宣　　传：胡任华
联　　络：龚抒碧
监　　制：刘卫华　潘明华
融媒体运营总监：宋菁菁
品牌推广总监：陆薇薇
运营总监：王立俊　陆　雨
播出总监：曹　旭　蔡　理　周　炜

图书在版编目(CIP)数据

人间世/上海市卫生健康委员会,上海广播电视台
编. —上海:上海人民出版社,2019
ISBN 978-7-208-16080-4

Ⅰ.①人… Ⅱ.①上… ②上… Ⅲ.①纪实文学-作
品集-中国-当代 Ⅳ.①I25

中国版本图书馆CIP数据核字(2019)第198972号

责任编辑 鲍 静 刘 宇
封面设计 汪 昊

人间世

上海市卫生健康委员会
上 海 广 播 电 视 台 编

出　版 上海人民出版社
(200001 上海福建中路193号)
发　行 上海人民出版社发行中心
印　刷 常熟市新骅印刷有限公司
开　本 720×1000 1/16
印　张 13
字　数 160,000
版　次 2019年11月第1版
印　次 2020年1月第2次印刷
ISBN 978-7-208-16080-4/I·1850
定　价 78.00元